지붕을
달리는 아이들

바람청소년문고 4

지붕을 달리는 아이들

펴낸날 초판 1쇄 2015년 7월 10일 | 4쇄 2021년 11월 12일

글쓴이 캐서린 런델 | **옮긴이** 김진희

편집 곽미영 | **디자인** 신용주 | **홍보** 송수현 | **영업** 배현석 | **관리** 최지은

펴낸이 최진 | **펴낸곳** 천개의바람 | **등록** 제406-2011-000013호 | **주소** 서울시 영등포구 양평로 157, 1406호

전화 02-6953-5243(영업), 070-4837-0995(편집) | **팩스** 031-622-9413 | **ISBN** 978-89-97984-63-3 43840

제조자 천개의바람 **제조국** 대한민국 **사용연령** 11세 이상

지붕을
달리는 아이들

캐서린 런델 글·김진희 옮김

천개의 바람

| 차례 |

첼로 상자

영국 해협 한가운데를 떠다니던 첼로 상자 안에서 아기가 발견되었다.

바다에는 첼로 상자와 식당 의자 몇 개와 바다 속으로 가라앉은 배의 꽁무니가 전부였다. 그중에서 살아 있는 것이라곤 아기뿐이었다.

배가 가라앉기 시작할 무렵, 연회장에는 음악이 흐르고 있었다. 음악 소리가 너무 크고 아름다워서 아무도 양탄자 위로 물이 차오르는 것을 알아채지 못했다. 몇몇 사람들이 비명을 지르기 시작한 뒤에도 바이올린 연주는 한동안 계속되었다. 사람들이 질러 대는 날카로운 비명 소리가 바이올린의 높은 음과 어우러져 이중주를 이루었다.

아기는 베토벤 교향곡 악보에 따뜻하게 싸인 채로 바다 위를 떠다니다 배에서 1마일가량 떨어진 곳에서 마지막으로 구출되었다. 아기를 구명보트 위로 건져 올린 사람은 침몰한 배에 타고 있던 찰스 맥심이라는 학자였다. 찰스는 불꽃색 머리카락과 수줍은 미소를 띤 아기가 여자아이란 걸 한 번에 알아차렸다.

아기가 첼로 상자에서 나와서 처음으로 본 것은 갈고리 모양의 눈썹과 기다란 팔다리였다. 찰스는 행여 놓칠세라 커다란 두 손으로 아기를 안아 들었다. 그리고 자신이 아기를 기르기로 마음먹었다.

그날은 아기의 첫 번째 생일날이 되었다. 아기의 앞섶에 매달린 '1'이라고 적힌 빨간 장미 리본을 본 사람들이 궁금해하자, 찰스가 말했다.

"아기가 한 살이거나 대회에서 일 등을 했을 수도 있지요. 하지만 아기들이 대회에 나가는 건 드문 일이니까 한 살이라고 생각하는 게 맞겠지요?"

아기는 꼬질꼬질한 손가락으로 찰스의 귓불을 꼭 잡고 있었다.

"생일 축하한다, 아가야."

찰스가 다정하게 말했다.

둘이 처음 만난 그날, 찰스는 아기에게 생일과 함께 이름도 선물했다.

"아가야, 오늘 참으로 놀랍고 특별한 생일을 보냈구나. 그러니 가장 평범한 이름으로 짓는 것이 좋겠다. 메리, 베티, 밀드레드 아니면 소피? 뭐든 네가 좋을 대로 하렴."

그런데 찰스가 '소피'라고 불렀을 때, 아기가 방긋 웃었고 아기의 이름은 소피가 되었다.

찰스는 외투로 소피를 잘 싸맨 뒤 마차에 올라탔다. 비가 추적추적 내리고 있었지만 둘에게는 대수로운 일이 아니었다. 찰스는 그다지 날씨를 신경 쓰지 않는 사람이고, 소피는 이미 엄청난 바닷물을 이겨 내고 살아남았기 때문이다.

찰스는 소피에 대해 아는 것이 하나도 없었다. 집으로 가는 내내 찰스는 소피에게 많은 이야기를 했다.

"안됐지만 난 사람보다는 책을 훨씬 잘 이해한단다. 책은 쉽게 친구가 될 수 있거든."

마차는 집까지 4시간을 달렸다. 찰스는 소피를 무릎에 마주 앉히고 다과회에서 처음 만난 사람에게 인사하듯 자신의 이야기를 들려주었다.

찰스는 36살이고, 키는 190센티미터이다. 사람들과는 영어로 이야기하고, 고양이들과는 프랑스 어로, 새들과는 라틴 어로 이야기를 나눈다. 언젠가 말을 타면서 책을 읽다가 죽을 뻔한 적도 있었다.

"앞으로는 조심할 거야. 네가 있으니까, 작은 첼로 아가씨."

찰스의 집은 아름답지만 아기에게는 안전하지 않았다. 수많은 층계와 미끄러운 마룻바닥, 뾰족한 모서리투성이였다.

"작은 의자를 몇 개 사야겠구나. 붉은색 두꺼운 양탄자도 깔아야지. 그런데 소피야, 양탄자는 어디에서 구하지? 네가 알 턱이 없겠지만 말이다."

당연히 소피는 대답하지 않았다. 대답하기에는 너무 어린 데다 깊이 잠들어 있었다.

마차가 말똥 냄새가 나는 거리에 멈춰 섰을 때 소피가 깨어났다. 소피는 첫눈에 찰스의 집이 마음에 들었다. 벽은 런던에서 가장 밝은 흰색으로 칠을 해서 어둠 속에서도 어렴풋이 빛났다. 지하에는 책과 그림들이 넘칠 듯이 많고, 여러 종류의 거미들이 살았다. 지붕은 새들의 차지였다. 그 나머지 공간에서 찰스가 살았다.

뜨거운 물에 목욕을 마친 소피는 더욱 하얗고 연약해 보였다. 찰스는 아기가 그토록 작은 존재라는 걸 미처 몰랐다. 찰스 품에 안긴 소피는 너무나 작았다. 찰스가 겨우 마음을 가라앉힐 때쯤, 문 두드리는 소리가 났다. 찰스는 의자 위에 소피를 조심스럽게 내려놓고 떨어지지 않도록 팔걸이에 두꺼운 셰익스피어의 〈햄릿〉을 올려놓았다. 그리고는 한 번에 두 계단씩 뛰어 올라갔다.

잠시 뒤, 찰스는 숱이 많고 머리가 하얗게 센 여자와 함께 돌아왔다. 그사이 〈햄릿〉은 조금 축축해졌고, 소피는 어리둥절해 보였다. 찰스는 소피를 안고 잠시 두리번거리다가 개수대 안에 내려놓았다. 찰스는 따뜻한 얼굴로 소피에게 말했다.

"아무 걱정 마라, 소피. 우리는 누구나 사고를 만난단다."

그러고 나서야 찰스는 여자에게 고개 숙여 인사했다.

"소피, 이분은 국립 아동 보육국에서 나오신 엘리어트 양이란다.

엘리어트 양, 이쪽은 바다에서 온 소피예요."

엘리어트 양은 개수대 안에 놓인 소피를 보고는 한숨을 내쉬며 얼굴을 찡그렸다. 그리고 가져온 꾸러미에서 깨끗한 옷들을 꺼냈다.

"아기를 이리 주세요."

찰스는 소피를 건네는 대신 옷을 받아 들었다.

"이 아기는 제가 바다에서 데려왔습니다."

소피가 커다란 눈으로 찰스를 바라보았다.

"이 아기는 돌봐 줄 사람이 아무도 없습니다. 누가 뭐라 하든, 제게는 이 아기를 돌볼 책임이 있습니다."

"영원히 그럴 수는 없지요."

"뭐라고 하셨습니까?"

"이 아기는 찰스 씨의 피보호자이지 딸이 아니에요. 이것은 임시 조치예요."

엘리어트 양은 강조하듯 '피보호자'에 힘을 주었다. 아마도 물건을 정돈하듯 사람들을 나누고 관리하는 것이 취미인 것 같았다.

"제 생각은 좀 다릅니다. 하지만 나중에 다투도록 하죠. 아기가 춥겠어요."

찰스는 소피에게 옷을 입혔다. 그러고는 무게를 가늠하듯 소피를 두 팔로 안아 올렸다.

"보세요. 정말 총명해 보이는 아기랍니다."

소피의 손가락은 가늘고 길어 재주가 많아 보였다.

"게다가 머리카락은 불꽃색이에요. 어떻게 이 아기를 싫어할 수 있겠어요?"

"아기가 괜찮은지 살피러 다시 들르겠어요. 하지만 이건 정말 시간 낭비라고 생각해요. 남자는 이런 일을 혼자 할 수 없어요."

"그럼요. 언제든 들르세요."

찰스는 참을 수 없어서 한마디 덧붙였다.

"엘리어트 양이 도저히 우리를 그냥 두고 볼 수 없다면, 감사하도록 애써 보지요. 하지만 이 아기는 제 책임입니다. 이해하시겠어요?"

"하지만 아직 어린아이라고요. 당신은 남자고요."

"관찰력이 대단하시군요."

"당신은 이 아기를 어떻게 하려는 거죠?"

찰스는 황당한 질문에 어리둥절했다.

"전 이 아기를 사랑할 겁니다. 제가 읽은 시에 따르면, 그것으로 충분합니다."

찰스는 소피에게 빨간 사과를 건네려다 말고 얼굴이 비칠 때까지 소매에 대고 박박 문질렀다.

"아기를 기르는 일이 쉽지 않다는 건 두말할 필요가 없지요. 그렇다고 해서 제가 할 수 없는 일은 아니라고 믿습니다."

찰스는 소피를 무릎에 올려놓고 사과를 건넸다. 그리고 〈한여름 밤의 꿈〉을 큰 소리로 읽기 시작했다. 새로운 삶을 시작하는 완벽한 방법은 아닐지 모르지만 가능성이 보이기 시작했다.

위험한 보호자

웨스트민스터 국립 아동 보육국 캐비닛 안에는 '보호자: 인물 평가'라고 표시된 붉은색 파일이 있었다. 그 안에 들어 있는 파란색 '찰스 맥심'의 파일에는 이렇게 씌어 있었다.

찰스 맥심은 책을 좋아하는 학자이다. 특이하지만 너그럽고 부지런하다. 남달리 키가 크지만 의사의 소견에 따르면 건강하다. 여성 피보호자를 돌보는 능력에 대해서 고집스러울 만큼 확고한 자신감이 있다.

찰스의 특성은 아마도 전염성이 있는 듯했다. 소피는 찰스처럼 키가 크고 너그러우며 책을 좋아하고 특이한 아이로 자라났다. 그리고 자기가 옳다고 생각하는 몇 가지 것들에 대해서는 굉장히 고집스러웠다.

소피의 일곱 번째 생일날, 찰스는 초콜릿 케이크를 구웠다. 가운데가 푹 꺼져서 볼품없었지만 소피는 자기가 바라던 모양이라고 좋아했다.

"가운데가 움푹 들어가면 아이싱(케이크 표면에 바르는 버터크림이나 휘핑크림 등의 마무리 재료-옮긴이)을 더 많이 올릴 수 있잖아요. 난 치사스러운 아이싱이 좋아요."

"그 말을 들으니 기쁘구나. '치사스러운'보다는 '사치스러운'이라고 말해야 한다고 생각한다만. 소피, 어쩌면 일곱 번째일지도 모를 생일을 축하한다. 우리 생일을 위해 셰익스피어를 잠깐 볼까?"

소피는 자주 접시를 깼다. 그래서 둘은 〈한여름 밤의 꿈〉 앞표지에 케이크를 올려놓고 먹었다. 찰스는 책을 소매로 닦은 뒤 한가운데를 펼쳤다.

"티타니아 여왕 부분을 좀 읽어 주겠니?"

소피는 얼굴을 찡그렸다.

"난 장난꾸러기 요정 퍽이 더 좋아요."

소피는 천천히 몇 줄을 읽었다. 그러다 찰스가 잠깐 한눈을 파는 사이, 책을 마루에 내려놓고 그 위에서 물구나무서기를 했다.

찰스는 소리 내어 웃었다.

"우아!"

이어서 탁자를 두드리며 박수를 쳤다.

"소피, 요정 같구나."

소피는 식탁으로 쓰러졌다가 다시 일어섰다. 이번에는 문에 기대어 물구나무를 섰다.

"멋지구나. 점점 좋아지고 있어. 거의 완벽해."

"겨우 '거의'예요?"

소피는 거꾸로 물구나무를 선 채 뒤뚱거리며 찰스를 곁눈질했다. 피가 몰려 눈동자가 화끈거렸지만 자세는 흐트러지지 않았다.

"내 다리가 곧게 뻗어 있나요?"

"거의. 왼쪽 무릎이 살짝 구부러진 것 같지만 완벽한 사람은 없으니까. 셰익스피어 이래로 아무도 없지."

소피는 침대에 누워 찰스가 한 말에 대해 생각했다. 완벽한 사람은 없다는 찰스의 말은 틀렸다. 찰스는 완벽했다. 찰스의 눈동자 속에는 마법이 깃들어 있었다. 아버지한테서 집과 옷도 물려받았다. 옷들은 고급 양복점이 늘어선 새빌 거리에서 맞춘 100퍼센트 실크 양복이었다. 비록 지금은 50퍼센트의 실크와 50퍼센트의 구멍으로 바뀌었지만.

찰스는 소피에게 노래를 불러 주었다. 새들에게도, 가끔씩 부엌으로 쳐들어오는 쥐며느리들에게도 불러 주었다. 찰스는 절대 음감을 가지고 있으며, 찰스의 목소리를 듣고 있으면 하늘을 나는 듯했다.

소피는 때때로 배가 가라앉는 악몽에 시달렸다. 그럴 때마다 기를 쓰고 올라갈 곳을 찾았다. 높은 곳에 올라가서야 소피는 마음을 놓았다. 찰스는 그런 소피를 옷장 위에서 자게 했다. 그리고 자신은 소피가 자는 곳 바로 아래에서 잠을 잤다.

소피는 가끔씩 찰스를 이해하지 못했다. 찰스는 아주 조금 먹었고, 거의 잠자지 않았고, 다른 사람들처럼 자주 웃지 않았다. 하지만 뼛속까지 상냥하고, 손가락 끝까지 예의 발랐다. 만일 걸으면서 책을 읽다가 가로등에 부딪치면 가로등한테 다친 데는 없는지 사과할 것이다.

엘리어트 양은 일주일에 한 번, 아침마다 뭔가 문제가 있는지 살피러 왔다. 소피는 따지고 싶었지만 곧 가만히 있는 법을 배웠다. 엘리어트 양은 여기저기 벗겨져 나간 귀퉁이와 식품 저장실에 가득한 거미줄을 둘러보며 고개를 설레설레 흔들었다.

"찰스 씨와 넌 도대체 뭘 먹고 사니?"

찰스와 소피가 먹는 음식이 다른 집에 비해 흥미롭기는 했다. 찰스는 몇 달씩이나 고기 먹는 것을 잊어버렸다. 찰스는 과자와 차, 그리고 잠자리에서의 위스키 한 잔이면 충분했다. 접시들은 소피가 손만 대면 모두 깨져 버렸다. 그래서 찰스는 세계 지도 책의 헝가리를 펼쳐 놓고 그 위에 구운 감자를 놓았다.

소피가 처음 글자를 배우기 시작했을 때, 찰스는 소피가 손대지 못하도록 위스키 병에 '고양이 오줌'이라고 써서 붙여 놓았다. 하지만 소피는 병마개를 열어 한 모금 마셨다. 그러고는 옆집 고양이의 엉덩이를 쿵쿵거렸다. 둘의 냄새는 전혀 달랐지만 똑같이 기분 나

빴다.

"우린 빵을 먹어요. 생선 통조림도요."

소피가 대답했다.

"뭘 먹는다고?"

엘리어트 양이 다시 물었다.

"나는 생선 통조림을 좋아해요. 우린 햄도 먹어요."

"그래? 난 이 집에서 햄 조각 하나 본 적이 없는데?"

"매일 먹어요. 아니……."

소피는 말을 덧붙였다. 소피는 정직한 어린이였다.

"분명히 가끔씩은 먹어요. 치즈도 먹고 사과도 먹어요. 나는 아침마다 우유를 500밀리리터씩 마셔요."

"찰스 씨는 어떻게 널 이렇게 살게 하지? 이 생활이 어린이에게 좋다고 생각할 수가 없구나. 이건 올바르지 않아."

하지만 찰스와 소피는 아주 잘 살았다. 엘리어트 양이 둘을 절대 이해하지 못할 뿐이었다. 엘리어트 양이 올바르지 않다고 말했을 때 소피는 깔끔하지 않다는 뜻인 줄 알았다. 소피와 찰스는 깔끔하게 살지는 않았다. 소피는 깔끔함이 행복에 꼭 필요한 것은 아니라고 생각했다.

"사실은 제 얼굴이 깔끔해 보이지 않는 거예요. 찰스 아저씨가 그러는데, 제 눈이 어수선하대요. 얼룩 때문에요."

소피의 얼굴은 너무나 창백해서 추우면 얼룩덜룩해졌다. 머리카락은 엉키지 않는 날이 없었다. 하지만 소피는 전혀 신경 쓰지 않았다. 소피가 기억하는 엄마는 자신과 피부와 머리카락이 똑같았지만, 아름다웠다. 엄마는 발목에 헝겊을 덧댄 바지를 입었고, 시원한 바람과 검댕 냄새가 났다.

어쩌면 바지가 문제의 시작이었을지도 모른다. 소피는 8살이 가까워질 무렵, 찰스에게 바지 한 벌을 사 달라고 부탁했다.

"바지? 여자가 입기에는 이상한데?"

"아니에요. 그렇지 않아요. 엄마도 바지를 입는걸요."

"입었겠지, 소피."

"아니, 입어요. 검은색으로요. 하지만 내 바지는 붉은색이 좋겠어요."

"음, 치마가 더 좋지 않겠니?"

찰스가 걱정스러운 듯 말했다.

소피는 얼굴을 찡그렸다.

"난 정말 바지를 입고 싶어요. 부탁이에요."

옷 가게에는 소피에게 맞을 만한 바지가 없었다. 남자아이들이 입는 회색 반바지뿐이었다.

찰스는 붉은색 면으로 긴바지 네 벌을 만들어서 소피에게 선물했다. 그중에서 한 벌은 한쪽 다리가 다른 쪽보다 길었다.

소피는 그 옷들이 아주 좋았다. 하지만 엘리어트 양은 바지를 보고 기겁을 했다.

"맙소사. 봐주기 힘들구나. 여자아이들은 바지를 입지 않는단다."

소피는 그렇지 않다고 주장했다.

"우리 엄마는 바지를 입었어요. 엄마는 첼로를 연주할 때 바지를 입고 춤을 추었어요."

"그럴 순 없어."

엘리어트 양이 말했다. 늘 같은 말이었다.

"소피, 여자는 첼로를 연주하지 않아. 그리고 그런 걸 기억하기에는 네가 너무 어렸어. 좀 더 정직하도록 노력해라."

"하지만 엄마는 그랬어요. 바지는 검은색이고, 무릎은 회색이었어요. 검정 구두를 신었고요. 난 기억해요."

"네 상상이란다, 얘야."

엘리어트 양이 딱 잘라 말했다.

"상상이 아니에요. 맹세해요."

"소피."

"상상이 아니라고요!"

소피는 화가 나서 "감자같이 생긴 할망구!"라고 소리치고 싶었지만 꾹 참았다. 찰스와 함께 살면 뼛속 깊이 예의 바른 사람이 될 수밖에 없었다. 무례하게 구는 것은 더러운 속옷을 입는 것처럼 느껴졌다. 하지만 사람들이 엄마에 대해서 말할 때 예의 바르기는 어려웠다. 사람들은 소피가 엄마 이야기를 지어낸다고 믿었다. 소피는 그런 사람들이 거짓말쟁이라고 믿었다.

"발톱눈. 늙다리. 나는 확실히 기억한다고."

소피는 아주 작게 속삭였다. 그러고 나면 기분이 조금 나아졌다.

소피는 아빠에 대한 기억이 없었다. 엄마를 또렷이 기억하지도 못했다. 하지만 구불구불한 머리카락과 가볍게 발을 차며 박자를 맞추던 가늘고 긴 두 다리를 기억했다. 그 다리가 치마 속에 감춰져 있었다고는 생각할 수 없었다. 그리고 소피는 바다 한가운데서 문짝에 매달려 떠다니던 엄마를 똑똑히 기억했다.

어른들은 말했다.

"아기는 너무 어려서 그런 걸 기억하지 못한단다."

또 말했다.

"엄마에 대한 너의 바람을 사실이라고 믿고 있는 거야."

소피는 그런 말들을 지겹도록 들으며 자랐다. 하지만 소피는 엄마가 도움을 청하며 팔을 흔들어 대던 모습을 기억했다. 엄마가 불던 휘파람 소리도 기억했다. 휘파람 소리는 사람마다 특징이 있다. 경찰이 뭐라든, 소피는 엄마가 배와 함께 바다 속으로 침몰하지 않았다는 것을 알았다. 소피는 고집스럽게 확신했다.

소피는 매일 밤 어둠 속에서 스스로에게 속삭였다. 엄마는 살아 있어. 어느 날 나를 찾아올 거야.

"엄마는 날 찾아올 거예요."

소피가 찰스에게 얘기할 때마다, 찰스는 가만히 고개를 저었다.

"그건 거의 불가능한 일이야, 아가."

"거의 불가능하다는 것은 가능하다는 말이잖아요."

소피는 똑바로 서서 어른처럼 말하려고 했다. 사람들은 큰 사람 말을 더 쉽게 믿기 때문이다.

"가능성을 절대로 무시하지 말라고 항상 말했잖아요."

"하지만 아가, 그건 결코 일어나기 힘든 일이야. 네 삶을 바칠 만한 가치가 없어. 그건 잠자리 등 위에 집을 지으려고 애쓰는 것과 같단다."

소피가 엘리어트 양에게 엄마가 자기를 찾으러 올 거라고 얘기할 때마다, 엘리어트 양은 거침없이 반박했다.

"네 엄마는 죽었어. 바다에서 살아남은 여자는 한 명도 없었어. 쓸데없는 생각에 너무 빠지지 않도록 해."

어른들은 소피가 '망상에 빠져 있는 것'이 아니라 '믿기 힘들지만 분명한 사실'을 말한다는 걸 이해하지 못했다. 그럴 때마다 소피는 얼굴이 달아올랐다.

"엄마는 올 거예요. 아니면 내가 엄마에게 갈 거예요."

"소피, 세상은 그렇게 만만하지 않단다."

엘리어트 양은 소피에게 헛생각을 하느니, 살아가는 데 꼭 필요한 십자수를 배우라고 조언했다. 하지만 찰스는 바느질을 잘 못해도 사는 데 문제가 없다는 것을 몸소 소피에게 보여 주었다.

어느 날, 소피는 붉은색 페인트를 발견하고 하얀 벽에 침몰한 배의 이름, 퀸메리호와 폭풍우가 몰아치던 날의 날짜를 적었다. 엄마가 집 앞을 지나갈 때를 대비해서.

찰스는 그런 소피를 보고 뭐라 말할 수 없는 복잡한 표정을 지었다. 그러고는 아무 말 없이 소피의 손이 높이 닿도록 목말을 태워 주고 붓을 씻는 것을 도와주었다.

나중에 찰스는 엘리어트 양에게 소피의 편도 들어 주었다.

"만약을 위해서, 어쩌면 일어날지도 모르는 경우에 대비해서죠. 소피는 단지 제가 시킨 대로 했을 뿐입니다."

"당신이 저 아이에게 집을 망가뜨리라고 시켰다고요?"

"아니요. 제가 아주 작은 가능성도 무시하지 말라고 늘 얘기했거든요."

코지 판 투테

엘리어트 양은 찰스도 소피도 못마땅했다. 찰스는 돈에 관심이 없고, 늘 저녁 식사에 늦는 것이 싫었다. 소피는 사람을 쳐다보거나 얘기를 들을 때의 표정이 싫었다.

"그건 어린 여자아이의 표정이 아니야."

현관 벽지에 글을 남기는 둘만의 습관도 싫었다.

엘리어트 양은 종이에 글자를 휘갈겨 쓰며 말했다.

"글을 벽지에 쓰는 건 건전하지도 평범하지도 않아요."

"그렇지 않아요, 엘리어트 양. 이렇게 하면 더 많은 이야기를 나눌 수 있어서 좋아요."

엘리어트 양은 잉크가 잔뜩 묻은 찰스의 손과 챙이 떨어져 나간 찰스의 모자도 싫었다. 소피의 옷도 탐탁지 않았다.

찰스는 물건을 사는 일에 매우 서툴렀다. 한번은 상점들이 모여 있는 본드 거리 한가운데서 갈피를 못 잡고 하루를 보내다가 남자아이 셔츠 꾸러미를 들고 집으로 돌아왔다.

엘리어트 양은 소피가 그 셔츠를 입은 걸 보고 몹시 화를 냈다.

"소피에게 이런 걸 입혀서는 안 돼요. 사람들은 소피가 정상이 아니라고 생각할 거예요."

소피는 자기 옷을 내려다보았다. 소피가 보기에 셔츠는 새 옷이라 조금 빳빳한 것 말고는 아주 정상이었다.

"이 옷이 여자아이 셔츠가 아니라는 걸 어떻게 알 수 있어요?"

소피가 엘리어트 양에게 물었다.

"남자아이 셔츠는 왼쪽 옷섶이 위로 올라가도록 단추를 채운단다. 여자아이 블라우스는 오른쪽이 위로 올라가고. 그런 걸 모르다니 정말 놀랍구나. 제발 '블라우스'라는 단어를 적어 두렴."

찰스는 읽고 있던 신문을 내려놓았다.

"우리 소피가 단추에 대해 몰라서 놀랐다고요? 단추는 국제 문제에서 그다지 중요한 안건이 아니니까요."

"뭐라고요?"

"소피는 중요한 것은 알고 있다는 뜻이에요. 물론 모든 것을 아는 건 아니지만, 아직 아이니까요."

엘리어트 양은 코웃음을 쳤다.

"내가 구식이어서 죄송하지만, 난 여자아이한테 단추가 매우 중요하다고 생각해요."

"엘리어드 양, 소피는 세계 모든 나라의 수도를 알아요."

문가에 서 있던 소피가 나지막이 속삭였다.

"거의."

"소피는 책을 읽을 줄 알고, 그림도 그릴 줄도 압니다. 거북과 바다거북의 차이점도 알지요. 나무를 구별할 줄 알고, 기어오를 줄도 알아요. 오늘 아침에 소피는 어미 개가 낳은 여러 마리 강아지들 중에서 가장 먼저 태어난 강아지를 뭐라고 하는지도 얘기했어요."

"무녀리. 가장 먼저 태어난 새끼를 무녀리라고 해요."

소피는 자신 있게 대답했다.

"소피는 휘파람도 아주 잘 불어요. 소피의 휘파람이 얼마나 특별한지 알아채지 못한다면 아주 어리석다고 할 수밖에 없어요. 아니면 귀가 멀었거나."

찰스가 그 말은 하지 않는 게 좋았을 뻔했다. 엘리어트 양은 손가락을 한 번 튕기면서 찰스의 말을 잘랐다.

"맥심 씨, 소피는 새 셔츠가 필요해요. 여자아이 셔츠로요. 그리고 맙소사, 저 바지는!"

소피는 뭐가 문제인지 이해하지 못했다. 소피에게 바지는 치마에 바느질을 좀 더 한 옷일 뿐이었다.

"나는 바지가 필요해요. 제발 바지를 입게 해 주세요. 치마를 입고는 나무에 올라갈 수 없어요. 올라갈 수 있다 해도, 사람들한테 속옷을 보이잖아요. 그게 더 나쁘지 않나요?"

엘리어트 양은 얼굴을 찡그렸다. 엘리어트 양은 여자가 바지를 입는다는 것을 결코 인정할 수 없었다.

"이 문제는 일단 넘어가자꾸나. 너는 아직 어린아이니까. 하지만 언제까지 계속 그럴 순 없어."

"바지를 입고도 난 잘할 수 있어요. 네?"

소피는 손가락으로 책장을 문지르며 엘리어트 양에게 부탁했다.

"아니, 절대 안 돼. 영국은 교육받지 못한 여성들을 위한 나라가 아냐."

엘리어트 양은 소피를 데리고 시내 곳곳을 둘러보고 싶어 하는 찰스의 바람을 무엇보다도 싫어했다. 런던은 더러워서 소피가 세균과 나쁜 버릇을 묻혀 올 거라고 반대했다.

소피의 아홉 번째 생일날, 찰스는 소피가 의자에 서서 한 손으로 책을 읽고 다른 한 손으로 토스트를 먹는 동안 신발을 닦아 주었다. 소피는 이로 책장을 물어 넘겼다. 종이 모서리에 빵 부스러기와 침이 묻었지만 아주 만족스러웠다.

엘리어트 양이 들이닥친 건 찰스와 소피가 음악회에 갈 준비를 거의 마친 때였다.

"그 꼴로 소피를 데리고 나갈 수는 없어요. 너무 꾀죄죄하잖아요! 그리고 구부정하게 서지 마라, 소피."

"그래요?"

찰스는 소피의 머리 꼭대기를 흥미롭게 내려다보았다.

그러자 엘리어트 양이 소리쳤다.

"맥심 씨, 아이 머리 꼭대기가 잼투성이잖아요."

"그렇군요."

찰스는 머쓱해하며 엘리어트 양에게 공손히 물었다.

"그게 문제가 되나요?"

하지만 찰스는 엘리어트 양의 손이 종이에 뭔가를 적는 걸 보면서 소피 머리를 닦았다. 천으로 그림 액자를 닦듯이 부드럽게.

엘리어트 양은 콧방귀를 뀌며 말했다.

"소매에도 뭐가 묻었군요."

"그건 빗물이 씻어 줄 겁니다. 그리고 오늘은 소피의 아홉 번째 생일이에요."

"생일이라고 더러워도 되는 건 아니에요. 이 꼴로 소피를 동물원에 데려갈 수 없어요."

"알았어요. 그런데 소피를 동물원에 데려가는 게 더 낫겠다는 뜻인가요?"

찰스는 고개를 갸우뚱했다. 소피는 그 모습이 예절 바른 표범 같다고 생각했다.

"표를 바꾸기에는 너무 늦은 거 같군요."

"그런 뜻이 아니에요. 이 애는 당신 체면에 먹칠을 할 거라고요. 나 같으면 이 애와 함께 있는 걸 누가 본다면 당황스러울 거예요."

찰스는 엘리어트 양을 똑바로 바라보았다. 엘리어트 양이 먼저 눈을 내렸다.

"소피에게는 반짝이는 구두와 반짝이는 두 눈이 있어요. 그것이면 충분합니다."

찰스는 소피에게 표를 내밀었다.

"생일 축하한다, 아가야."

찰스는 생일날에 늘 그랬듯이, 소피 이마에 부드럽게 입 맞춘 뒤 의자에서 일어나는 것을 도와주었다.

소피는 의자에 앉아 있는 사람을 일어나게 하는 데 여러 가지 방법이 있다는 걸 알았다. 어떤 방법을 쓰느냐에 따라 그 사람이 어떤지도 알 수 있다는 것을. 아마도 엘리어트 양은 나무젓가락으로 쿡 찔러서 사람을 일어나게 할 것이다. 찰스는 항상 손끝을 내밀어 조심스럽게 일어나게 도와주었다.

찰스는 걷는 내내 오페라 '코지 판 투테'의 현악을 휘파람으로 불었다.

"소피, 음악은 정말 멋진 거란다. 암, 멋지고말고!"

소피에게 생일 계획은 비밀이었지만, 찰스의 들뜬 마음은 그대로 전해졌다. 소피는 찰스 옆에서 깡충깡충 뛰었다.

"어떤 음악회예요?"

"클래식이란다, 소피."

찰스의 얼굴은 기쁨으로 빛났고 손가락은 움찔거렸다.

"매우 뛰어나고 복잡한 음악이지."

"와, 그거…… 멋지네요. 아마 아주 멋질 거예요."

소피는 거짓말에 서툴렀다.

소피는 속으로는 동물원에 가는 게 더 좋았을 거라고 생각했다. 소피는 클래식을 들어 본 적이 없었다. 계속 모르는 채로 지내는 것도 꽤 행복할 것이다. 소피는 포크 송을 좋아하고, 춤출 수 있는 음악을 좋아했다. 이제 막 9살이 된 아이가 거짓말을 조금도 보태지 않고 클래식을 좋아한다고 말하기는 힘들 것이다.

음악회는 소피가 생각했던 것보다 시작이 좋지 않았다. 피아노 연주가 너무 길었다. 콧수염을 기른 피아니스트는 소피가 엄청 가려워할 때의 표정으로 연주했다.

"아저씨."

소피가 찰스를 불렀다. 찰스는 입술을 살짝 벌린 채 행복한 얼굴로 연주를 듣고 있었다.

"아저씨?"

"왜 그러니, 소피? 여기서는 소곤소곤 말해야 해."

"저기, 얼마 동안 계속되는 거예요? 멋지지 않다는 건 아니고요. 그냥…… 궁금해서요."

"고작 한 시간이란다. 나는 여기에서 살 수도 있을 것 같은데, 넌 그렇지 않니?"

"아, 네……."

소피는 가만히 앉아 있으려고 노력했지만 힘들었다. 소피는 땋은

머리끝을 입속에 넣고 빨았다. 발가락을 오므렸다 폈다 했다. 엄지
손톱을 깨물지 않으려고 다짐했지만 소용없었다. 마침내 소피가 막
잠들려는 참이었다. 바이올린 세 대와 첼로, 그리고 비올라가 무대
위로 나왔다.

연주가 달라졌다. 달콤하고 신이 났다. 소피는 자리 끝에 엉덩이
만 살짝 걸치고는 몸을 앞으로 내밀어 앉았다. 음악은 숨 쉬기 힘들
만큼 아름다웠다. 도시의 모든 합창단의 목소리를 모아 하나의 선
율로 만든 것 같았다. 음악이 빛날 수 있다면 지금 이 음악일 거라
고 소피는 생각했다. 가슴이 걷잡을 수 없이 부풀어 올랐다.

"마치 팔천 마리의 새가 노래하는 것 같아요. 그렇지 않아요?"

"그래, 소피. 하지만 쉿!"

선율은 익숙하면서도 새로웠다. 선율은 소피의 맥박을 장단 맞추
게 하고, 손가락과 발가락을 끌어당겼다. 소피는 의자 위로 올라가
무릎을 꿇고 앉았다.

잠시 뒤, 소피는 참지 못하고 다시 속삭였다.

"아저씨, 들어 봐요. 첼로가 노래해요."

연주가 멈추자, 소피는 모든 관객이 박수를 멈출 때까지 손바닥
이 뜨거워지고 빨개지도록 손뼉을 쳤다. 모든 관객이 불꽃색 머리
에 올 풀린 양말과 반짝이는 구두를 신고, 두 번째 줄을 밝히는 눈
이 빛나는 여자아이를 바라볼 때까지 박수를 멈추지 않았다.

"음악이 집 같은 느낌이었어요. 내 말 무슨 뜻인지 알겠어요? 마

치 신선한 공기 같았다고요."

"그래? 너에게 첼로를 사 줘야겠구나."

찰스가 사 준 첼로는 작았지만 소피가 침실에서 편안히 연주하기에는 너무 컸다. 찰스는 다락방의 지붕창을 떼어 냈다. 비가 오지 않는 날이면 소피는 지붕 위로 올라가 비둘기와 부엽토 사이에 서서 첼로를 연주했다.

연주가 잘되면, 모든 짜증과 걱정이 사라지고 빛을 남기는 것 같았다. 몸을 쭉 펴고 눈을 깜박이며 활을 내려놓을 때면 자신이 더 강해지고 용감해진 것 같았다. 그건 마치 크림과 달빛을 먹는 기분일 거라고 소피는 생각했다. 연주가 제대로 되지 않으면, 이를 닦는 일처럼 따분하게 느껴졌다. 소피는 좋은 날이 반이고, 나쁜 날이 반이었다.

지붕에서는 누구도 소피를 방해하지 않았다. 지붕은 평평한 회색 슬레이트로, 가장자리에 돌난간이 있었다. 난간은 소피의 턱까지 올라왔다. 아래에서 올려다본다면, 사람들에게는 헝클어진 머리카락과 움직이는 팔꿈치만 보일 것이다.

"나는 하늘이 좋아요."

소피는 저녁 식사를 하면서 별생각 없이 툭 내뱉고는 입술을 깨물었다. 다른 사람들이라면 이 말에 웃어 댔을 것이다. 하지만 찰스는 돼지고기 파이 한 조각을 성경 위에 올려놓으며 무겁게 고개를 끄덕였다.

"기쁘구나. 생각이 빈약한 사람들은 하늘을 좋아하지 않지."

찰스는 머스터드 한 덩이를 곁들여 소피에게 건넸다.

소피는 하늘에 이르는 가장 빠른 방법으로 나무 오르기부터 연습했다. 소피는 아장아장 걷기 시작할 무렵부터 나무에 오를 줄 알았다. 나무에 오를 때마다 찰스는 늘 소피와 함께했다. 찰스는 "안 돼. 꽉 잡아."라는 말을 하지 않았다. 나무 아래에 서서 소피를 올려다보며 소리쳤다.

"더 높이, 소피! 그래, 잘했다! 새들을 조심해! 새들은 아래에서 볼 때나 멋지거든!"

상상 속의 엄마

소피의 뗏목이었던 첼로 상자는 침대 발치에 놓여 있었다. 소피의 열한 번째 생일날, 찰스는 사포로 곰팡이를 걷어 내고 새 페인트를 칠하기로 했다.

"무슨 색이 좋겠니?"

찰스가 물었다.

"빨간색요. 빨간색은 바다색의 반대 색깔이잖아요."

바다를 좋아하는 건 소피에게 힘든 일이었다.

찰스는 밝은 빨간색 페인트를 구해 첼로 상자를 칠한 뒤 자물쇠를 달았다. 소피는 그 안에 자신의 보물과 군것질거리를 채워 넣었다. 그리고 자신에게 상을 줄 때나 바다 악몽을 꾸었을 때만 열었다.

첼로 상자가 진실을 밝히는 데 얼마나 중요한지 알았더라면, 그 안에 새는 꿀단지를 보관하지는 않았을 것이다. 하지만 소피는 알지 못했다. 찰스는 사람이 모든 것을 알 수는 없다고 위로했다.

"소피야, 삶에서 잘못된 것들을 너무 중요하게 생각지 마. 그 첼로 상자가 합법적으로 네 것이라고 할 수는 없어. 너는 그걸 간직하지 못하게 될지도 몰라. 누군가 자기 것이라고 주장할 수도 있거든."

"알아요. 누군가 주장할 거예요. 엄마가 언젠가 돌아오면요."

소피는 활짝 웃으며 손바닥에 침을 뱉고 손가락을 십자로 꼬았다. 그것은 행운을 비는 반사 작용 같은 것이었다. 소피는 매일 밤 백 번씩 침을 뱉고 손가락을 꼬았다.

"첼로 상자는 네 엄마 것이 아니었을 거야. 아마 배가 가라앉기 시작했을 때 낚아챘을 거다. 여자가 첼로를 연주하는 건 아주 드문 일이거든. 실제로 첼로를 연주하는 여자에 대해서 들어 본 적이 없어. 여자는 보통 바이올린을 연주하지."

"아니에요. 첼로였어요. 난 알아요. 기억해요. 활을 잡고 있던 엄마의 손가락이 생각나요."

찰스는 신중하게 고개를 끄덕이며 머리를 숙였다. 동의하지 않을 때면 늘 그렇듯이.

"나는 그 배를 아주 잘 기억한단다, 소피. 악단도 기억해. 하지만 첼로를 연주하던 여자는 기억나지 않아."

"하지만 나는 기억해요."

"소피야, 악단은 콧수염을 기르고 머릿기름을 바른 남자들로 이루어져 있었어."

"나는 기억해요! 기억한다고요!"

"알았다."

소피는 찰스의 얼굴이 너무 슬퍼 보여서 차마 바라볼 수 없었다. 그래서 자신의 발목을 노려보았다.

"하지만 얘야, 너는 아기였어."

"그게 내가 기억하지 못한다는 걸 뜻하지는 않아요. 난 엄마를 봤어요. 진짜로 봤다고요. 나는 첼로도 기억해요."

논쟁은 늘 같았다. 소피는 생각에 잠겼다. 어떻게 하면 사람들이 내 말을 믿을까? 그건 너무 느리고 거추장스럽고 불가능한 일이야.

"나는 물에 떠 있는 엄마를 봤어요. 정말이에요."

소피는 주먹을 꽉 쥐었다. 만약 소피가 찰스를 사랑하지 않았다면 침을 뱉었을지도 모른다.

"나는 보지 못했어. 나도 거기에 있었단다."

찰스는 커튼이 펄럭일 만큼 한숨을 크게 내쉬었다.

"힘든 일이란 거 안다, 소피. 산다는 건 세상에서 가장 힘든 일이지. 앞으로 살다 보면 이런 얘길 더 많이 듣게 될 거다."

거의 매일 밤, 소피는 엄마들을 관찰했다. 촛불을 끄고 창문턱에 걸터앉아 다리를 흔들거리며 거리를 지나는 엄마들을 관찰했다. 소피는 재치가 있어 보이는 엄마가 가장 맘에 들었다. 엄마들은 때때로 잠자는 아기를 안고 있었다. 통통한 아기들, 다리가 삐죽 빠져나

온 아기들. 엄마들은 소피의 다리 아래를 지나며 자장가를 불렀다.

소피는 부드러운 가죽으로 만든 스케치북을 꺼냈다. 스케치북은 항상 베개 밑에 두었다. 소피는 해마다 생일날에 그림을 그렸다.

소피는 뭉툭한 연필을 뾰족하게 만들기 위해 연필심을 씹었다. 그런 다음 눈을 감고 기억을 되살렸다. 먼저 검은색 바지를 그렸다. 무릎이 바랜 바지를 그리는 것은 대단히 어려웠지만 최선을 다했다. 그 위에 몸통과 머리를 그렸다. 머리카락도 그려 넣었다. 색연필이 없어서 손가락을 물어뜯어 머리카락을 붉게 칠했다. 그런데 얼굴로 연필을 가져간 소피가 머뭇거렸다.

소피는 한숨을 내쉬었다. 생각해 내려고 스스로를 다그쳤지만 머릿속이 뿌옇기만 했다. 한참 뒤, 소피는 바람에 날리는 나뭇잎을 그린 다음 얼굴 위로 날리는 머리카락을 그렸다.

소피에게 엄마는 공기나 물처럼 꼭 필요한 존재였다. 종이에 그려진 엄마라도 없는 것보다는 나았다. 상상 속의 인물일지라도. 엄마는 마음이 머무르는 곳이고, 편히 쉬기 위해 들르는 쉼터였다. 그림 아래에는 '엄마'라고 썼다. 손가락에서는 아직 피가 흘렀다. 소피는 엄마의 귀 뒤에 꽃을 그리고 빨갛게 칠했다.

소피는 매일 밤 잠들기 전에 자신에게 이야기를 들려주었다. 엄마가 자기를 찾으러 돌아오는 이야기였다. 이야기는 너무 길어서 아침이면 기억하기 힘들었지만 항상 춤추는 것으로 끝났다. 엄마를 생각하면 소피는 늘 춤추는 모습이 떠올랐다.

생일에 온 편지

12살 생일이 가까울 무렵, 소피는 더 이상 접시를 깨뜨리지 않았다. 그래서 셰익스피어의 책들은 부엌에서 서재로 돌아갔다. 찰스는 생일 선물을 주려고 소피를 서재로 불렀다. 신문지에 싸인 네모난 탑이 책상 위에 서 있었다.

"이게 뭐예요?"

독특하고 엉뚱한 찰스가 준비한 것이라 소피도 쉽게 예상할 수 없었다.

"열어 보렴."

소피가 신문지를 벗겨 냈다.

"어머나!"

소피는 제대로 숨을 쉴 수 없었다. 그것은 각각 다른 색깔의 가죽을 씌운 책 무더기였다. 바깥 날씨가 흐린데도 가죽은 빛이 났다.

"열두 권이야. 일 년에 한 권씩."

"정말 아름다워요. 그렇지만…… 아저씨, 너무 비싸지 않아요?"

찰스는 어깨를 으쓱했다.

"12살은 아름다운 것들을 모으기에 알맞은 나이지. 이 책 한 권, 한 권 다 내가 아끼는 것들이란다."

"고맙습니다! 고맙습니다!"

"지금 소피 네 나이에 읽을 만한 것들이야. 책은 세상으로 향하는 문을 열어 주는 지렛대란다."

"완벽해요."

책을 만지면 따뜻할 것 같았다.

소피는 책을 뒤집어 보았다. 킁킁거리며 책 속 냄새도 맡았다. 종이에서 나무딸기와 양철 주전자 냄새가 났다.

"네가 좋아하니까 나도 기쁘구나. 하지만 네가 책장 모서리를 접는다면 나는 〈로빈슨 크루소〉로 너를 때려 줄 거다."

소피가 마지막으로 든 책은 〈그림 동화집〉이었다. 책 앞면에 그려진 접시 그림이 썩 괜찮아 보였다. 찰스는 창문턱으로 가서 소피 머리만 한 아이스크림 통을 가져왔다.

"생일 축하한다, 소피."

소피는 아이스크림 통에 손가락을 집어넣었다. 통째로 먹으면 안 되지만 아마도 생일이니까 찰스가 봐줄 것이다. 아이스크림은 아주 진하고 달콤했다.

"완벽해요. 정확히 생일 같은 맛이에요."

소피는 찰스의 자로 아이스크림을 한 덩어리 퍼내고는 찰스를 보며 활짝 웃었다. 찰스는 음식은 아름다운 곳에서 먹는 것이 더 맛있다고 믿었다. 정원이나 호수 한가운데, 또는 보트 위에서.

"내 생각에 아이스크림은 비 오는 날 네 마리 말이 끄는 마차의 바깥 자리에 앉아서 먹는 것이 가장 맛있을 것 같구나."

소피는 눈을 가늘게 뜨고 찰스를 바라보았다. 때때로 찰스가 하는 말이 농담인지 아닌지 구분하기가 어려웠다.

"정말이에요?"

"내 말을 못 믿겠다는 거니?"

"네."

소피는 진지한 얼굴로 어깨를 으쓱했다. 하지만 재채기가 터지듯 웃음이 자꾸만 비어져 나왔다. 웃음은 소피의 가슴에서 콸콸 넘쳐 흘렀다.

"솔직히 말하면, 나도 잘 모르겠다. 하지만 확인해 볼 수는 있지. 함께 나가서 시험해 보자꾸나. 절대 가능성을 무시하지 마라."

"굉장해요!"

소피는 사두마차는 세상에서 가장 멋진 발명품이라고 생각했다. 사두마차를 타고 달리면 여전사가 된 기분일 것이다.

"말들에게 전속력으로 달리자고 부탁해도 되나요?"

"되고말고. 하지만 먼저 바지로 갈아입어야 할 거다. 치마는 참 매력적인 옷이지. 마치 도서관 사서한테서 빼앗아 입은 것 같구나."

"잠깐만요, 서두를게요."

소피는 두 팔로 책들을 그러모았다. 책들 너머로 겨우 앞을 볼 수 있었다.

"그다음에는요?"

"그다음엔 마차를 타야지. 운 좋게도 비가 내릴 것 같구나."

찰스의 말은 사실이었다. 마차가 모퉁이를 돌아 달릴 때 비가 내리치기 시작했다. 아이스크림은 손목으로 흘러내리고 비에 젖은 머리카락은 뱀처럼 등에 달라붙었다. 쏟아지는 빗속에서 뭔가를 먹는 것은 쉽지 않지만 소피는 도전을 좋아했다.

찰스와 소피가 아이스크림을 배불리 먹고 물을 줄줄 흘리며 집으로 돌아왔을 때, 현관 깔개 위에는 편지가 한 통 놓여 있었다. 봉투를 보고 소피는 생일 카드가 아니라는 것을 알았다. 모든 기쁨이 한순간에 훅 빠져나갔다.

찰스는 굳은 얼굴로 편지를 읽었다.

"그게 뭐예요?"

소피는 찰스의 어깨 너머로 읽어 보려고 했지만 찰스는 다리가 너무 길었다.

"누구한테서 온 거예요? 뭐라고 씌어 있어요?"

"잘 모르겠구나."

찰스의 얼굴빛이 달라졌다. 바로 몇 분 전과 같은 사람이라고는 생각할 수 없었다.

"조사가 있을 것 같구나."

"뭐에 대해서요? 저요?"

"우리에 대해서. 국립 아동 보육국에서 온 편지야. 네가 어린 여자아이라서 내가 제대로 돌볼 수 있을지 의심스럽대. 네가 숙녀처럼 행동하는 법을 가르칠 수 없을 거라고 생각해."

"뭐라고요? 말도 안 돼요."

"정부는 종종 그래."

"나는 아직 정식으로 12살도 안 됐다고요."

"그렇더라도 조사를 나올 작정인 것 같구나."

"대체 누구예요? 누가 편지를 보냈어요?"

"한 사람은 마틴 엘리어트. 다른 한 사람 이름은 뭐라고 읽어야 할지 모르겠구나."

"왜 낯선 사람들이 나에 대해서 결정하려고 해요? 그 사람들은 나를 알지도 못한다고요. 그들은 그냥 남자예요."

"나는 이런 종류의 사람들을 잘 알아. 그들은 그냥 남자가 아냐. 멍청한 콧수염쟁이들이지."

찰스의 말에 소피는 눈물, 콧물이 범벅인 채로 웃었다. 얼마 뒤, 소피가 얼굴을 닦았다.

"이제 우린 뭘 해야 해요?"

"먼저 청소를 해야 할 것 같구나."

찰스와 소피는 함께 집안을 둘러보았다. 벽지는 소피가 옮겨 적은 시들과 거미줄을 빼면 깨끗했다. 소피는 거미를 좋아했다. 그래서 늘 거미줄을 남겨 두고 주위의 먼지만 털었다.

"거미들을 옮겨야 할까요?"

"아마 그래야겠지? 나는 담쟁이덩굴을 잘라야 할 테고."

지난해 담쟁이덩굴이 창문 너머로 들어와 한쪽 벽으로 퍼져 나갔다. 덩굴은 찰스의 할머니 초상화 위에 모자처럼 자리를 잡았다. 소피는 그것을 좋아했다.

"폴린 할머니 위로 자라난 부분은 남겨 두면 안 될까요? 그 사람들은 알아채지 못할 거예요. 네?"

"한번 노력해 보마. 다음은 너야, 소피."

"나는 왜요?"

소피의 얼굴이 붉어졌다.

"내게 문제가 있나요?"

"물론 내가 보기에 너는 완벽에 가까워. 하지만 그 사람들이 네 머리를 괜찮다고 할지 의심스럽구나. 앞머리 말고 여기 뒤쪽 말이다. 그래도 내가 틀렸다면 얘기해다오."

소피는 뒷머리를 더듬었다.

"뭐가 잘못됐는데요?"

"잘못된 건 없어. 단지 실몽당이 같다는 거지. 보통 머리카락은 비단결이나 물결 같다고 얘기하거든."

"아!"

그건 사실이라고 소피는 생각했다. 엉클어진 머리카락을 한 여주인공에 대해서는 읽은 적이 없었다.

"그건 내게 맡겨 주세요."

그날 밤, 소피는 머리카락과 한판 실랑이를 벌였다. 처음에는 머리카락이 승리하는 듯했다. 엉킨 매듭은 목덜미 아래에 손이 닿기 힘든 곳에 있었다. 바닥에 머리카락이 한 줌 쌓이도록 거칠게 잡아당겼지만 매듭은 아직도 커다랗게 남아 있었다. 소피가 이를 악물고 다시 한 번 잡아당기자 빗이 두 동강이 나며 매듭에 뒤엉킨 채로 매달렸다. 소피는 한숨을 쉬며 낮게 욕을 했다.

"젠장."

소피는 부엌으로 달려가 가위를 찾았다. 그러고는 매듭 한가운데로 가위를 집어넣더니, 입술을 깨물며 싹둑 잘랐다. 결과는 놀랍도록 만족스러웠다. 소피는 매듭을 잘라 낸 뒤, 머리카락을 밧줄 모양으로 굵게 땋아 어깨 너머로 늘어뜨렸다. 가까이에서 보지 않으면 이상하다는 걸 알아채지 못할 것이다. 숙녀다워지는 것은 고통스러운 일이었다.

국립 아동 보육국에서 조사를 나오는 날, 소피는 윤이 나도록 손을 박박 문질러 닦았다. 어찌나 힘껏 문질렀는지 손마디에서 살갗이 벗겨져 나갔다. 찰스는 양초와 석탄으로 소피의 구두를 반짝반짝하게 닦았다. 다리미가 없어서 뜨겁게 달군 벽돌로 옷을 눌러 폈다. 대걸레로 마루를 닦고 벽지의 무늬가 반이나 벗겨지도록 벽에 비누칠을 했다. 꽃을 가득 담은 화병도 집안 곳곳에 놓아두었다. 집 안에서 장미와 비누 향이 났다.

"보기 좋은데요. 이만하면 완벽한 것 같아요."

소피는 늘 이 집을 좋아했지만 오늘은 특별히 멋져 보였다.

청소를 마치고도 둘은 가만히 앉아 있지 못하고 문 앞을 서성거렸다. 그러다가 문득 소피에게 생각 하나가 떠올랐다.

"아저씨, 사람들이 오려면 얼마나 남았죠?"

"3분쯤. 왜 그러니?"

"잠깐만요. 금방 돌아올게요."

소피는 계단을 한 번에 네 칸씩 뛰어 올라갔다.

소피는 코에 땀띠약을 바르고, 볼과 입술에 붉은색 페인트를 살짝 칠했다. 침실에는 거울이 없었다. 소피는 괜찮아 보이기를 바랐다.

소피가 내려오자 찰스는 두 눈을 껌벅거렸다. 소피는 자신이 '우아하고 교양 있는 숙녀'보다는 '어릿광대' 같아 보이는 것은 아닌지 걱정스러웠지만, 찰스가 뭐라 말할 새도 없이 초인종이 울렸다.

문간에는 여자가 서류철을 들고 젖은 양말처럼 축 늘어진 표정으로 서 있었다. 옆에는 수염을 정성껏 다듬은 남자가 서류 가방을 들고 서 있었다. 소피는 남자가 왠지 낯익다고 생각했다.

"콧수염."

찰스가 속삭였고, 소피는 웃음을 꾹 참았다.

찰스와 소피는 두 사람을 응접실로 안내했다. 두 사람은 차를 거절하고 바로 질문을 시작했다. 마치 공격을 퍼부어 대는 것 같았다. 소피는 조금 떨어진 곳에 움츠리고 있었다.

"저 아이는 왜 이 시간에 학교에 있지 않나요?"

여자가 물었다.

소피는 찰스가 어떻게 대답하는지 기다렸다. 하지만 찰스가 아무 말도 하지 않자 소피가 대답했다.

"나는 학교에 다니지 않아요."

"왜 안 다니니?"

콧수염 남자가 물었다.

"나는 찰스 아저씨에게 배우고 있어요."

"제대로 된 수업을 받고 있니?"

여자가 미덥지 않은 말투로 말했다.

"물론이에요."

쓸 만한 문장이 소피의 머릿속에 떠올랐다.

"지식이 없으면 세계의 반쪽밖에 볼 수 없다고 아저씨가 얘기했어요."

"흠, 수업은 매일 하니?"

"네!"

소피는 거짓말을 했다. 사실 수업은 아무 때나 둘 중 하나가 생각 날 때 했다. 그리고 소피는 아주 쉽게 잊어버렸다.

"글은 읽을 줄 아니?"

여자가 물었다.

"네, 물론이죠!"

어리석은 질문이었다. 소피는 걸을 수 없던 때를 기억할 수는 있어도, 읽을 수 없던 때는 기억나지 않았다.

"수학은 할 수 있니?"

"음, 네."

그것은 사실이었다. 어느 정도는.

"칠 단은 싫어하지만 팔 단과 구 단은 좋아해요."

"교리 문답은 암송할 수 있니?"

"아니요."

소피는 배 속이 서늘해졌다.

"그게 뭔지 모르겠어요. 시인가요? 원하시면 셰익스피어의 희곡은 암송할 수 있는데요."

"아니, 됐다. 그럴 필요 없어. 요리는 할 줄 아니?"

소피는 고개를 끄덕였다.

"식사, 과자, 트라이플(빵, 과자, 생크림 등을 쌓아 만든 케이크-옮긴이)까지?"

"네……, 할 수 있어요."

그건 거짓말이 아니라고 소피는 자신에게 속삭였다. 한 번도 트라이플을 만들어 본 적은 없지만 책을 읽을 수 있는 사람은 요리책만 있다면 요리도 할 수 있을 것이다.

"너는 제대로 먹지 못하는 것 같구나. 자세가 구부정하고 얼굴도 너무 창백해. 이 아이가 왜 이렇게 창백하죠?"

처음으로 찰스가 입을 열었다.

"소피는 창백한 게 아닙니다. 달빛의 정기를 받은 아이라서 그렇습니다."

여자는 코웃음을 쳤다. 남자는 방을 꼼꼼이 둘러보느라 이야기를 제대로 듣지 않았다.

"여기가 수업을 하는 곳이니?"

남자가 소피에게 물었다.

"우리는 대부분 수업을…… 지붕…….'"

소피는 곧이곧대로 말하려고 했다. 하지만 찰스가 눈을 크게 뜨고 고개를 보일 듯 말 듯 저었다.

"네. 대부분 여기서 해요."

"그럼 칠판은 어디에 있니?"

소피는 이번에는 그럴듯한 대답을 떠올릴 수 없었다. 그래서 사실대로 말했다.

"우리는 칠판이 없어요."

"칠판 없이 어떻게 공부를 하지?"

여자가 물었다.

"글쎄요, 나에게는 책이 있어요. 종이도 있고요. 그리고……,"

소피의 표정이 밝아졌다.

"나는 벽에 쓸 수도 있고 그릴 수도 있어요. 또 옷걸이 뒤만 아니면 현관에서도 공부를 할 수 있지요."

여자의 표정이 일그러졌다. 여자는 벌떡 일어서서 남자를 향했다.

"조사를 시작할까요? 우리가 이 집에서 무엇을 보게 될지 생각하기조차 겁나는군요."

둘은 집을 사려는 사람들처럼 구석구석을 살폈다. 이불에 구멍이 났는지, 커튼에 먼지가 쌓였는지 살피더니 식품 저장실을 들여다보았다. 치즈와 잼 항아리를 살펴보고 뭔가를 서류에 적었다. 마지막으로 소피의 다락방으로 올라가서 서랍장을 열었다. 여자가 붉은색 바지를 끄집어내자 남자는 슬픈 듯이 고개를 저었다. 바짓단에 얼룩이 진 초록색 바지를 보고 여자는 몸서리를 쳤다.

"받아들일 수 없어요! 이런 걸 내버려 두다니 정말 놀랍군요, 맥심 씨."

그러자 소피가 나섰다.

"아저씨가 내버려 둔 게 아니에요. 그 바지는 내 거라고요. 아저씨하고는 아무 상관없어요."

"넌 가만있어."

소피는 여자를 때려 주고 싶었다.

찰스가 소피에게 다가왔다. 찰스는 거의 내내 침묵을 지켰다. 조사관들이 떠날 때 악수하면서 몇 마디 주고받았을 뿐이다. 소피는 안간힘을 써서 귀를 기울였지만 무슨 말을 하는지 들리지 않았다. 조사관들이 나간 뒤, 소피는 문을 닫고 깔개 위에 주저앉았다.

"저 사람들이 뭐래요? 나 잘했어요?"

소피는 땋은 머리 가닥을 씹었다.

"나는 저 사람들이 정말 싫어요. 침을 뱉고 싶었어요. 저 콧수염 아저씨는 얼굴이 개코원숭이 같아요."

"그래, 진화론의 훌륭한 증거처럼 보이더구나. 여자는 또 어떻고. 쇠로 만든 층계도 저 여자보다는 인간적이고 너그러울 거다."

"저 사람들이 떠나면서 뭐라고 했어요?"

"보고서를 제출할 거라고 하더구나."

"그게 다가 아니죠? 그렇죠? 그보다 오래 얘기했잖아요."

"소피, 우리 얘기 좀 나누는 게 좋겠구나. 얘기하기에 가장 좋은 장소가 어디지? 부엌으로 갈까?"

하지만 소피는 조사관들이 지나간 자리에는 있고 싶지 않았다. 왠지 축축하고 끈적끈적한 기분 나쁜 느낌이 들었다.

"아니요, 지붕으로 가요."

"그러자꾸나. 난 위스키를 가져올 테니, 넌 부엌에 가서 아이스크림을 가져오렴. 오늘 같은 날은 아이스크림을 먹는 게 도움이 될 거야."

소피는 부엌으로 달려갔다. 아이스크림과 갓 구운 빵과 잼도 함께 챙겼다. 찰스는 굴뚝 통풍관 위에 앉아 있었다.

"소피, 이제부터 내가 하는 얘기를 잘 들어. 그리고 이해하려고 노력하고 믿어야 해. 나를 위해 그렇게 할 수 있겠니?"

"할 수 있고말고요."

소피는 찰스를 뚫어지게 쳐다보았다.

"너무 확신하지는 마라."

"나는 아저씨를 믿어요. 무슨 일이에요?"

"우선 빵과 잼을 좀 먹으렴. 아이스크림에 담가 먹어도 돼."

"무슨 일인데요, 아저씨?"

찰스는 빵을 떼어 손가락으로 굴리며 말했다.

"먼저, 조사관들이 너를 멀리 데려간다면 나는 너무나 마음이 아플 거야. 너는 내 삶에서 가장 멋진 모험이었어. 네가 없으면 내 삶은 불 꺼진 어둠일 거야."

찰스는 소피를 흘깃 내려다보았다.

"이해하니, 소피? 나를 믿지?"

소피는 고개를 끄덕였다. 소피는 사람들이 자기에게 좋은 말을 할 때면 늘 그랬듯이 얼굴을 붉혔다.

"네, 그렇다고 생각해요."

"하지만 조사관들을 막기 위해 내가 할 수 있는 일이 아무것도 없구나. 너는 법적으로 내 아이가 아니야. 법적으로 너는 국가의 재산

이야. 이해할 수 있겠니?"

"아니요, 모르겠어요. 말도 안 되는 소리예요."

"그래도 사실이 그렇단다, 얘야."

"내가 어떻게 국가에 속할 수 있어요? 국가는 사람이 아니잖아요. 국가는 아무도 사랑할 수 없어요."

"그래. 그런데도 조사관들은 너를 데려가려고 해. 물론 한 마디도 뚜렷하게 말하지 않았지만 그럴 낌새였어."

소피는 갑자기 온몸에 찬물을 뒤집어쓴 것 같았다.

"자기들 맘대로 그럴 수는 없어요."

"할 수 있단다, 아가. 국가는 위대한 일도 어리석은 일도 다 할 수 있어."

"만일 내가 도망치면 어떻게 돼요? 다른 나라로요. 우리는 미국으로 갈 수 있을 거예요."

"국가는 우리를 막을 수 있어. 조사관들은 내가 너를 납치했다고 경찰에 신고할 거야."

"어떻게 알아요? 나는 그렇지 않을 거라고 생각해요."

소피는 벌떡 일어나 찰스의 손과 소매를 잡아당겼다.

"우리 떠나요. 그냥 떠나면 되잖아요, 아저씨. 아무에게도 얘기하지 말고요. 그 사람들이 보고서를 제출하기 전에요. 제발!"

찰스는 꿈쩍도 하지 않았다. 소피는 찰스의 소매를 꼭 쥐었다.

"어서요!"

"미안하다, 아가."

찰스는 아침보다 두 배는 더 늙어 보였다. 찰스가 고개를 저을 때마다 목뼈가 삐걱거리는 소리가 들렸다.

"소피야, 조사관들이 다시 와서 널 데려갈 거야. 세상에는 규칙이 깨지는 것을 보면 두드러기가 돋는 사람들이 있단다. 엘리어트 양이 그런 사람이지. 마틴 엘리어트도 그렇고."

소피가 깜짝 놀라 소리쳤다.

"엘리어트! 어쩐지 들어 본 것 같았어요. 두 사람이 관련 있는 것 같지 않아요?"

"맙소사. 확실한 것 같구나. 엘리어트 양이 자기 오빠가 정부 기관에서 일한다고 말한 적이 있어."

"마녀 같으니라고!"

엘리어트 양에 대한 생각은 소피에게 조금 도움이 되었다. 화를 내는 것이 고통을 견디는 것보다 나았다.

"나는 포기하지 않을 거예요. 나는 절대 가지 않을 거예요."

소피는 스스로 더 강해지고 다부져지는 걸 느꼈다.

강해지기로 굳게 마음먹었지만, 막상 편지를 보자 그건 무척 어려운 일이었다.

편지는 흐린 월요일 아침에 찰스 앞으로 도착했다. 소피가 먼저 열려고 하자, 찰스가 부드럽게 편지를 빼앗았다. 소피는 편지를 읽는 찰스의 표정을 살펴보았지만 내용을 짐작할 수 없었다.

"저도 봐도 돼요? 보여 주세요."

찰스가 다 읽기도 전에 소피는 졸라 댔다.

"뭐라고 적혀 있어요? 좋은 내용이에요? 여기 있어도 된대요? 그렇다고 말해 주세요. 네?"

"이건……, 이건……."

찰스는 말을 잃은 채 소피에게 편지를 건넸다. 소피는 편지를 높이 들어 불빛에 비추었다.

친애하는 맥심 씨

우리는 12살에서 18살 사이 여성의 후견인에 대한

정책 변경 사항을 알려 드리고자 합니다.

소피는 얼굴을 찡그렸다.

"왜 이런 식으로 말하는 거예요?"

소피는 공식적인 편지가 싫었다. 이런 편지는 소피를 긴장하게 했다. 아마도 이런 편지를 쓰는 사람은 캐비닛 안에 마음을 넣어 두는 것 같았다.

"계속 읽어라, 소피."

찰스의 목소리는 평소보다 무거웠다.

위원회는 특수한 상황을 제외하고는
젊은 여성이 친척 관계에 있지 않은 독신 남성의 손에
길러져서는 안 된다는 전원 일치의 결론에 도달하였습니다.
당신의 피보호자인 소피아 맥심은,
특정 요소들이 전혀 부적합하다고 판단하였습니다.

"'특정 요소들'이 뭐예요? 도무지 무슨 소린지 모르겠어요!"
소피는 손가락으로 편지를 쿡쿡 찔렀다.
"나도 모르겠다. 하지만 짐작할 순 있지."
"내 바지를 말하는 거죠? 그들은 미쳤어요! 그들은 악마예요!"
"계속 읽으렴."

그래서 우리는 당신의 피보호자가 당신의 책임에서 벗어나
북부 레스터셔에 있는 성 캐롤라인 고아원에 등록될 것임을 알려 드립니다.
불응할 경우, 법원 명령에 이르게 되며 최대 15년의 징역에 처해집니다.
위원회의 결정은 최종이며 즉시 효력이 발생합니다.

"징역? 그게 무슨 뜻이에요?"
"감옥이란다."

보육 담당관인 수잔 엘리어트가

6월 5일에 당신의 피보호자를 데리러 갈 것입니다.

당신의 진실한 벗, 마틴 엘리어트

소피는 갑자기 속이 텅 비어 버린 느낌이었다. 그래서 뭔가 이야깃거리를 찾았다.

"그 사람들이 내 이름을 잘못 썼어요."

"그랬구나."

"내 마음에 돌을 던질 거면 적어도 이름은 똑바로 썼어야죠."

소피는 찰스를 바라보았다. 찰스는 아무 반응이 없었다.

"아저씨."

소피의 볼을 타고 눈물이 흘러내렸다. 소피는 씩씩거리며 눈물을 핥았다.

"제발 뭐라고 말 좀 해 봐요."

"소피, 너는 편지 내용을 이해했니?"

"아저씨한테서 나를 떼어 놓으려는 거잖아요. 나한테서 아저씨를 떼어 놓으려 한다고요."

"분명히 그런 것 같구나."

소피는 편지에 손도 대기 싫었다. 소피는 편지를 바닥에 떨어뜨리고는 밟고 올라섰다. 하지만 얼마 안 돼 편지를 다시 집어 들었다. 아무리 생각해도 '전혀 부적합하다.'라는 말을 견딜 수 없었다.

"내가 치마를 입었다면 어땠을까요? 구부정하게 서지 않았다면?

좀 더 상냥했다면? 그랬다면 나를 여기에 살게 해 주었을까요?"

찰스는 고개를 저었다. 소피는 찰스가 조용히 울고 있는 것을 보고 깜짝 놀랐다.

"이제 어떻게 하죠?"

소피는 손수건을 꺼내 찰스의 손에 올려놓았다.

"아저씨, 제발 뭐라고 말 좀 해 봐요. 우리는 이제 어떻게 해요?"

"정말 미안하다, 아가. 내가 할 수 있는 일이 아무것도 없다는 게 두렵구나."

소피는 그토록 창백한 얼굴을 본 적이 없었다. 갑자기 숨이 막혀 왔다. 소피는 계단에 발이 걸려 넘어질 듯 우당탕 침실로 올라갔다. 눈물이 왈칵 쏟아져 눈앞이 흐릿했다. 소피는 막대를 움켜쥐고는 첼로 상자를 향해 마구잡이로 휘둘렀다. 첼로 상자가 딱 쪼개졌다. 소피는 멈추지 않고 막대를 휘둘렀고 침대 옆에 놓인 물병이 담요와 베개 위로 산산조각이 났다. 소피는 아래층에서 놀라서 외치는 찰스의 소리를 들었다. 계단을 뛰어오르는 발자국 소리도. 소피는 쪼개진 첼로 상자를 쾅쾅 밟았다. 붉게 색칠된 나뭇조각들이 부서져 이리저리 튀었다.

소피는 호흡이 천천히 정상으로 돌아오는 것을 느꼈다.

"나는 가지 않을 거야."

소피는 막대를 휘두르면서 중얼거렸다.

"싫어."

얼굴은 눈물과 콧물로 범벅이 되었지만 더 이상 숨이 막히진 않았다. 소피는 서서히 리듬을 탔다.

또다시 휘둘렀다.

"가지 않을 거야."

부쉈다.

"싫다고."

숨을 쉬었다.

"싫단 말야."

찰스가 문 앞에 서 있는 걸 알아채기까지는 몇 분이 걸렸다.

"아직 살아 있니, 아가?"

"저기, 나는 그냥……."

"좋아, 아주 합리적이구나."

찰스는 방을 한번 살펴보더니 소피를 욕실로 데려갔다.

"뜨거운 물이 있어야겠구나."

찰스는 더 이상 뭐라고 말하지 않았다. 소피는 웅크리고 앉아 훌쩍거리는 것 말고는 할 수 있는 일이 떠오르지 않았다. 찰스는 집에 있는 주전자를 모두 난로 위에 올려 물을 끓였다. 얼마 뒤, 욕조에 더운 물을 붓고 말린 레몬 껍질과 박하잎을 넣었다.

"30분 동안 들어가 있어."

하지만 소피는 가만히 있을 수가 없었다. 욕실을 초조하게 서성거리며 벽을 두드렸다.

"소피, 욕조 안으로 들어가. 뜨거운 물속에서 텀벙거리고 나면 기분이 아주 많이 달라질 거다."

소피는 욕실 바닥이 아래층 부엌 바로 위에 있다는 걸 깜박했다. 소피는 한숨을 내쉬면서 옷을 벗고 신발을 거칠게 잡아당겼다.

"이제 들어갔어요."

소피가 소리쳤다. 이제 소피는 욕조에 들어가야 했다. 아니면, 거짓말이 될 것이다. 뜨거운 물은 소피의 배꼽까지 올라왔다. 레몬 껍질이 다리에 부딪쳤다. 몸이 축 늘어지자 마음도 함께 늘어졌다. 싸우고자 하는 마음이 다 사라져 버리는 듯했다. 아무 생각도 나지 않았다. 욕조 밖으로 나왔을 때는 다리에 힘이 풀려 침실까지 겨우 걸어갈 수 있었다. 소피는 목욕 수건을 두른 채 방바닥에 주저앉았다가, 눈을 뜬 채 멍하니 누웠다.

작은 빛점 하나가 벽에서 움직였다. 소피는 한참 동안 그것을 쳐다보았다. 빛점이 어디서 반사된 건지 보기 위해 소피는 부서진 첼로 상자 조각들을 살폈다. 서서히, 소피의 눈에 뭔가가 들어왔다. 나뭇조각 하나에 초록색 안감이 반쯤 붙어 있었다. 소피는 소스라치게 놀라 일어났다. 피가 한꺼번에 돌기 시작했다. 소피는 나뭇조각을 움켜쥐었다. 그러다가 엄지손가락에 가시가 박혔다.

"아야!"

초록색 안감 아래에는 황동 명판이 나무에 박혀 있었다. 벽에 생긴 빛점은 황동 명판에 빛이 반사되어 생긴 것이었다. 명판에는 주소가 새겨져 있었다. 주소는 영국이 아니었다. 소피는 글자를 읽기 위해 나뭇조각을 탁자 위에 올려놓았다. 손이 너무 떨려서 가만히 쥐고 있을 수가 없었다.

FABRICANTS
D'INSTRUMENTS À CORDES
16 RUE CHARLEMAGNE
LE MARAIS
PARIS
291054

소피는 서재에서 찰스를 발견했다. 찰스는 신문을 들고 창가에 앉아 있었지만 눈은 신문을 보고 있지 않았다. 비가 들이쳐서 신문의 글자는 흐릿해지고, 몸이 젖었지만 아무것도 하지 않았다. 소피가 달려갔지만 돌아보지도 않았다. 눈을 껌벅이고 있을 뿐 눈동자는 텅 비어 있었다. 겁먹은 소피가 의자 팔걸이로 기어올라 소매를 잡아당겼다. 소피는 찰스의 주의를 끌기 위해 눈썹을 뽑는 게 더 낫지 않을까 생각했다.

"아저씨, 이것 좀 봐요!"

천천히 찰스의 눈동자가 움직였다. 그리고 희미하게 미소 지었다.

"뭘 보라는 거니?"

"이거요!"

찰스는 안경을 찾아 주위를 두리번거리다가 소피가 내미는 것을 코 가까이 들어 올렸다.

"르 마레, 파리. 이게 뭐니?"

"프랑스 어예요! 그 첼로 상자는 프랑스산이라고요!"

"이걸 어디서 찾았니?"

"우린 프랑스로 가야 해요! 지금 당장!"

소피는 숨이 가빠서 목이 턱 막혔다.

"소피, 앉아서 설명해 봐."

소피는 찰스가 움직일 수 없도록 찰스의 발 위에 앉았다. 하지만 입이 바싹 말라서 얘기할 수 있을 만큼 침이 고일 때까지 혀를 우물 거려야 했다. 그런 다음 마음을 가라앉히고 천천히 설명했다.

찰스가 소피의 말을 이해하는 데는 1초도 걸리지 않았다. 찰스가 펄쩍 뛰어오르는 바람에 소피는 벽난로 앞 깔개로 굴러갔다.

"이럴 수가! 노래하는 도롱뇽, 소피! 총명한 생명체, 소피! 너희 엄 마가 프랑스 인일지도 모른다는 생각을 왜 하지 못했을까? 오, 맙 소사."

소피는 굴러서 다시 책상 아래로 왔다.

"엄마가 파리에 살고 있으면 어떻게 하죠?"

"참으로 가능성 있는 얘기다, 소피. 확신할 순 없지만 가능성이 아 주 높아. 첼로 상자는 아직 그 사람 거야. 프랑스, 그렇지, 그렇고말 고. 절대 가능성을 무시하지 마라! 바로 그거야! 오, 사랑스러운 생명체 같으니라고. 참으로 멋진 발견이야.”

찰스는 책상 위에 놓여 있는 편지를 한번 바라보고는 말했다.

“소피, 아무튼 우리는 여기를 빨리 떠나야 해.”

“파리로요?”

소피는 두 손을 모아 쥐고 찰스를 바라보았다. 책상 위에는 마틴 엘리어트가 보낸 편지가 놓여 있었다. 마치 소피를 쳐다보는 것 같았다.

“조사관들이 우리를 쫓아올까요?”

“아마도 그럴 가능성이 크지. 우린 내일 떠나야 해.”

“정말로요?”

“그래.”

“하지만, 진짜예요?”

“이런 일에 농담하지 않는단다.”

찰스는 신문에서 무역, 날씨, 여객선 취항 등이 실린 면을 펼쳤다.

“조사관들이 파리 경찰에 알린다면, 이틀이나 사흘쯤 걸릴 거야.”

“그렇게 빨리요?”

소피는 몇 주일 정도는 걸리기를 바랐다.

“며칠뿐이야. 우리는 조심해야 해.”

찰스는 배 시간과 만조 시간이 적힌 칸 옆에 엑스 자 표시를 했다. 그리고 신문을 접었다. 찰스의 눈은 흥분으로 반짝거렸다.

“조직은 사람보다 영리하지 못해. 특히 그 사람이 소피, 너인 경우에는 더 그렇지. 그건 우리의 이점이야. 소피, 서둘러. 가장 좋은 바지와 가장 하얀 양말을 챙겨."

너무나 급작스러웠다. 소피는 튕겨 나가 듯 침실로 뛰어 올라가면서 말했다.

"깨끗한 것이 남아 있을 것 같지 않은데요."

"그럼 파리에 도착해서 새 걸로 사자꾸나."

"파리! 바지!"

소피가 큰 소리로 웃었다.

쉽지 않은 여행

여행은 쉽지 않다. 한낮에 불법으로 나라를 빠져나가는 여행이라면 더욱 쉽지 않다.

"짐은 가볍게 꾸려라. 누가 보더라도 우리가 치과에 가는 것처럼 보여야 해."

"치과요? 우린 치과에 한 번도 간 적이 없는데요?"

"그럼, 음악회. 가방은 하나만 챙기자꾸나."

소피는 첼로 하나만 챙겼다. 스웨터와 바지는 똘똘 말아서 첼로 상자 구석에 쑤셔 넣었다. 하나 정도 더 넣을 수 있는 공간이 남았을 때, 소피는 공책을 챙길지 아니면 드레스를 챙길지 망설였다.

"변장해야 할 일이 생길지 모르잖아. 위장용 드레스가 필요해."

마침내 소피는 드레스를 챙겨 넣고는 첼로 상자를 닫았다.

찰스는 서류 가방 하나만 들었다. 가방은 꽤 묵직했다. 마차가 움직이기 시작할 때, 소피는 옆집 커튼 뒤로 누군가 휙 숨는 것을 본 것 같았다. 소피는 한숨을 내쉬며 똑바로 앞을 보았다. 마차가 덜커덕거리며 달리는 동안 소피는 맘을 졸이며 간절히 행운을 빌었다.

기차역 안은 사람들의 웅성거림과 열기로 가득 차 있었다.

"맙소사! 도와주세요."

소피는 나직하게 중얼거렸다. 무리 지어 오가는 사람들을 보니 몸이 아파 왔다. 그들은 가라앉는 배에 타고 있던 사람들 같았다.

소피는 벽을 기어올라 커다란 시계 뒤에 숨고 싶은 충동을 느꼈다. 하지만 찰스는 차분했다. 찰스의 눈은 매우 밝게 빛났다.

"와, 굉장하구나. 냄새 좀 맡아 봐. 엔진오일 냄새란다!"

그러다가 소피의 창백한 얼굴을 보고는 팔목을 꽉 잡았다.

"괜찮니, 소피?"

"물론이죠. 어느 정도는요."

소피는 남자아이들이 소리를 지르며 몰려 지나가자 움찔했다.

"사실은 괜찮지 않아요."

"소피, 역에서 시간을 보내는 가장 좋은 방법은 맛있는 음식을 먹으며 구석에 앉아 천장을 올려다보는 거란다."

"천장을 올려다본다고요? 왜요?"

"대체로 기차역은 천장이 환상적일 만큼 아름답거든."

소피는 고개를 뒤로 젖혔고 그 바람에 모자가 떨어졌다. 찰스의 말은 사실이었다. 천장은 유리와 반짝이는 철로 연결된 미로였다.

마치 백 대의 피아노 같았다.

찰스는 주머니를 더듬어 노끈과 종잇조각, 사탕이 뒤섞인 가운데서 동전을 몇 개 꺼냈다.

"여기 6펜스. 아, 잠깐. 1실링이 더 있구나. 이걸로 차를 마시렴. 목구멍이 델 만큼 뜨거운 걸로 달라고 해. 마음이 좀 가라앉을 거다."

"네. 근데 아저씨는 어디 가려는 거예요?"

"짐꾼을 찾아야지. 표도 구하고."

"내가 아저씨를 잃어버리면 어떡해요?"

"그럼 내가 널 찾으면 되지."

"하지만 날 찾지 못하면요?"

소피는 찰스의 외투 자락을 잡았다.

"아저씨, 기다려요. 가지 마요."

소피는 아이같이 구는 자신이 싫었다. 하지만 긴장이 배 속을 야금야금 씹어 먹고 있어서 어쩔 수 없었다.

"소피, 너는 불꽃색 머리카락 덕분에 사람이 아무리 많아도 쉽게 잃어버릴 수가 없단다."

찰스가 소피를 안심시켰다. 오늘따라 찰스의 미소는 더욱 다정하고 따뜻했다.

소피는 용기를 내어 가게로 갔다. 말린 과일이 든 커다란 롤빵을 살지, 가운데 잼이 박힌 둥근 비스킷을 살지 잠시 망설였다. 루비처럼 반짝이는 빨간 잼에 마음이 좀 더 끌리기는 했다.

볼에 붉은 반점이 있고 눈빛이 상냥한 여자가 소피에게 말했다.

"롤빵 좋아하니? 아니면, 초콜릿 케이크? 딸기 비스킷?"

소피는 보통의 아이들이 즐겨 먹는다고 했던 엘리어트 양의 말이 생각나 용기를 냈다.

"딸기 비스킷 주세요. 여섯 개요."

"여기 있다, 얘야. 한 번에 다 먹지는 마라. 아니면 역 화장실이랑 가까운 사이가 될 거야."

소피는 진지하게 고개를 끄덕거렸다. 소피는 비스킷을 한 입 베어 물고는 잼이 이에 들러붙는다는 걸 알았다. 딸기 맛은 조금도 나지 않았지만 뭔가 모험 같은 맛이 났다.

"어디 신 나는 곳에 가니?"

여자의 앞치마에서 잔돈이 짤랑거리는 소리가 났다.

소피는 끈적거리는 입으로 '파리'라고 말하려 애썼다.

"사냥이라고 했니? 그거 참 멋지구나."

소피의 이는 이제 완전히 들러붙어 꼼짝도 하지 않았다. 소피는 그냥 웃으며 고개를 끄덕거렸다. 지금 자신은 엄마 사냥을 가는 중이니까.

여자는 롤빵을 신문지에 싸서 소피에게 건넸다.

"여행 중에는 속이 든든해야 행운도 찾아온단다. 선물이야."

기차는 소피가 생각했던 것보다 두 배는 컸다. 색깔은 용을 나타

내는 에메랄드 빛깔이었다. 소피는 좋은 징조라고 믿었다.

"6번 A객실을 찾아라, 소피. 그 칸은 항상 켄트 공작 자녀들을 위해 예약되어 있는데, 이번 여름에는 스코틀랜드로 사냥을 갔다는구나. 그래서 네가 독차지하게 됐어."

찰스와 소피는 짐꾼들을 지나 앞쪽으로 움직였다. 열차를 따라 좁은 복도와 객실로 이어지는 미닫이문이 있었다.

소피는 길을 가로막지 않으려고 주위를 살폈다. 흥분한 티도 내지 않고, 불법 도망자처럼 보이지 않으려고 태연한 척했다. 하지만 셋 다 쉽지 않았다.

"여기구나!"

찰스는 소피의 첼로 상자를 조심스럽게 문 안으로 넣고 돌아섰다. 얼굴에 불꽃이 이글거리는 듯 벌겠다.

"하나 남은 방이었어. 네가 싫어하지 않으면 좋겠구나."

소피는 재빨리 찰스의 어깨 주위로 방을 들여다보았다. 그리고 찰스를 빤히 쳐다보았다.

"이 방을 싫어한다고요? 이건 마치 상상놀이 같아요!"

짐꾼들이 복도를 지나가면서 계속해서 툭툭 부딪쳤다. 하지만 이제 소피는 개의치 않았다.

소피는 짐꾼들이 자기들을 쳐다보고 있어서 이런 것들에 익숙한 듯 보이려고 했지만 불가능했다.

"여긴 궁전이에요!"

찰스는 웃으며 소피를 안으로 끌어당겼다. 그리고 문을 닫았다.

"아주 작은 궁전이구나. 아마 여행용인가 봐."

객실은 아름다웠다. 모든 것이 어린이용 크기이고, 작은 것 하나하나까지 정교하고 섬세하게 만들어졌다. 소피가 이제껏 본 방들 중에서 가장 깨끗하고 화려했다. 베개는 거위의 배처럼 둥글고 빵빵했다. 거울은 가장자리가 금으로 되어 있었다. 대부분의 물건들이 금테를 두르고 있었다. 소피는 물건들을 살짝 두드려 보았다.

"요강을 한번 보렴. 꽤 볼만할 거야."

소피는 쪼그려 앉아 침대 밑을 보았다. 가장자리에 붉은 카네이션이 그려진 금빛 요강이 있었다.

"네가 밤중에 깨서 오줌 누는 곳조차 멋지지?"

"아저씨는 어디서 자요? 여기서?"

소피의 객실에는 두 개의 침대가 있었지만, 둘 다 어린이용 크기였다. 찰스의 몸은 반도 걸쳐지지 않을 것이다.

"나는 룩셈부르크에서 온 장의사와 이층 침대 객실을 쓸 거야. 그게 3주일 동안 쓸 수 있는 유일한 침대야. 다른 객실이 날 때까지 기다리느라 좀이 쑤시는 것보다는 그게 나을 거라고 생각했단다. 어쨌거나 더 나쁜 일이 생기지 않은 것만도 다행이라고 생각해야지."

찰스는 소피를 내려다보며 웃었다.

"그럼요!"

더 기다리는 것은 불가능했을 거라고 소피는 생각했다. 아마 기다리다가 둘 다 애가 타서 죽었을지도 모른다.

"아저씨, 고마워요!"

찰스가 깨끗한 양말을 꺼내 코를 풀었다. 그 소리가 소피에게는 희망의 나팔 소리처럼 들렸다.

"이제 아무 문제없지?"

"네, 그런 것 같아요. 그런데……,"

소피의 배에서 꾸르륵 소리가 났다.

"먹을 거 좀 있어요?"

"물론이지. 내가 어떻게 먹을 것을 잊었겠니? 여행의 즐거움은 음식이 반 이상이야. 기차에 식당 객실이 있지만 몇 시간 뒤에나 열거야. 그래서 몰래 먹을 것을 들여왔지."

찰스는 벽에 연결된 탁자 위에 주머니를 비우기 시작했다. 사과 여섯 개, 소시지 롤, 두툼한 노란 치즈 한 조각이 나왔다. 회중시계 뒤에서는 소금을 쏟아 냈다. 마지막으로 마술사처럼 모자 아래에서 기름종이에 싼 구운 닭 반 마리를 꺼냈다.

"와, 꿈꾸는 것 같아요! 멋져요!"

소피는 거기에 자기의 비스킷도 보탰다. 나중을 위해 롤빵은 남겨 두었다. 소피는 음식으로 탑을 쌓았다. 소피의 코밑까지 닿았다.

"이제 우린 모든 걸 가졌나?"

"음……,"

소피는 치즈를 한 입 베어 물었다. 환상적인 맛이었다. 짭짤하면서도 풍부한 크림 맛이 났다.

마침내 기차가 심하게 흔들리더니 증기를 내뿜기 시작했다. 소피에게는 찰스와 구운 닭고기와 모험이 있었다.

소피는 치즈를 우물거리며 말했다.

"모두 다 가졌어요!"

둘은 도버에서 배로 갈아탔다. 날씨가 고르지 않았다. 잿빛 바다는 우르릉 울어 대고, 야생의 냄새를 풍겼다. 소피는 바다를 내려다보지 않으려고 눈을 꼭 감았다. 바다에 빠져 죽은 여자들을 떠올리지 않으려고 안간힘을 썼다.

"소피, 괜찮니?"

찰스가 물었다.

소피는 고개를 끄덕였지만 말을 할 힘이 없었다.

소피를 더욱 힘들게 한 것은 승객들 사이에 있는 경찰이었다. 경찰이 자기 때문에 왔을 리는 없다고 소피는 스스로를 안심시켰다. 저 경찰은 분명 휴가 중일 거야. 하지만 경찰 때문에 계속해서 몸이 떨렸다. 소피는 경찰의 눈에 띄지 않으려고 조금씩 움직여 아무도 없는 갑판으로 옮겨 갔다. 소피는 바다를 못 본 척했다. 하지만 바다를 못 본 척하는 것은 총을 든 남자를 못 본 척하는 것과 같았다. 불가능했다.

바다는 멀리 수평선까지 뻗어 있었다. 눈을 가늘게 뜨고 바라보았지만 프랑스는 보이지 않았다. 소피는 정신을 잃지 않으려고 난간을 꽉 움켜잡았다.

찰스는 여기저기 헤매다 배의 중간쯤 내려와서야 소피를 찾았다. 찰스는 발자국 소리를 내지 않고 조심스럽게 다가가 소피의 손 위에 자신의 손을 올려놓았다.

"소피, 잘 들어 봐. 저 소리가 들리니?"

소피에게는 거친 파도 소리만 들렸다.

"뭐라고요? 무슨 소릴 들어야 하는데요?"

겁에 질린 소피의 목소리가 퉁명스럽게 나왔다.

"웅얼거림."

"웅……, 뭐요?"

"웅얼거림. 바다와 바람이 시간을 맞춰 서로 소곤거리는 소리. 아무도 없는 데서 웃는 두 사람처럼. 지금, 또! 들었니?"

소피는 고개를 저었다.

"오직 사람들만 소곤거려요. 바다는 으르렁거리고 바람은 윙윙거리죠."

"아니란다. 바다와 바람은 서로 소곤거려. 둘은 오랜 친구거든."

소피는 난간에서 손을 떼어 찰스의 손을 잡았다. 찰스의 외투 냄새를 들이마신 뒤, 등을 곧게 폈다.

"바다와 바람이 함께 소곤거리면 행운이 온단다. 웅얼거림은 좋은 징조야."

파리에 온 영국 신사와 소녀

소피가 첼로 상자를 가슴에 안고 찰스와 나란히 파리의 북부역 광장에 설 때까지, 별다른 일은 일어나지 않았다. 짐꾼이 하늘을 올려다보며 말했다.

"곧 폭풍이 오겠군요. 선생님한테 우산이 있어야 할 텐데요."

그러자 찰스가 말했다.

"나는 영국인입니다. 작은창자 없이는 집을 나서도 우산 없이는 절대 외출하지 않지요."

"그럼 폭풍이 불어닥치기 전에 호텔로 가시지요. 저런 하늘은 좋지 않습니다."

짐꾼이 재촉했다.

"아저씨, 이제 우리 어디에서 자요?"

소피는 지금까지 생각하지 못했던 걱정이 불쑥 떠올랐다.

“아주 좋은…….”

소피가 찰스의 말을 끊었다.

“그리고 또……, 그다음에 뭐 해요?”

“소피, 아주 좋은 질문이구나. 룩셈부르크 장의사가 아주 도움이
됐어. 센 강 가까이에 있는 아담하고 좋은 호텔을 알려 줬거든.”

찰스는 서류 가방을 들어 올렸다.

“이제 우리는 마차를 탈 거다.”

역 광장에는 마차들이 손님을 기다리며 한 줄로 늘어서 있었다.
마차들은 저마다 제각각 멋을 냈다. 어떤 마차는 흥미로운 장식 조
각이 달렸고, 어떤 마차는 은은한 비누 향기가 났다. 그 가운데 회
색과 은색으로 칠해진 마차가 한 대 있었다. 소피는 한눈에 그 마차
가 맘에 들었다. 회색 말은 마차와 잘 어울렸고, 다른 말들보다 얼
굴이 마르고 영리해 보였다. 마치 찰스 같았다. 하지만 소피는 그
말은 하지 않기로 했다.

“우리 이 마차 타도 돼요?”

소피는 말에게 마지막 남은 초콜릿 조각을 내밀며 말했다.

“말이 따분해하는 것 같아서요.”

“되고말고.”

찰스가 마부에게 동전을 건네자, 마부가 마차에 얼마 안 되는 짐
을 실었다.

“프랑스 말은 아주 잘생겼구나. 왠지 파리에 오니 머리를 빗어야

할 거 같은걸."

소피는 건물 위로 높이 솟은 키 큰 나무들과 사방으로 구불구불 뻗은 거리를 둘러보았다. 파리의 여자들은 런던의 여자들보다 몸에 착 달라붙는 치마를 입었다. 여자들은 마치 물속을 걷는 것처럼 미끄러지듯 지나갔다.

"맞아요. 파리는 비둘기조차 런던에서보다 멋지네요."

소피는 크리스마스이브처럼 흥분되고 떨렸다.

"호텔에는 언제 도착해요? 그다음에는 뭘 하죠?"

"우선 빵 가게를 찾은 다음 계획을 세워야지."

"빵 가게는 왜요? 경찰서나 우체국, 시청 같은 데가 더 낫지 않아요?"

"소피, 계획을 세울 때 가장 중요한 건 뭔가를 먹는 거란다. 만일 총리가 도넛을 먹으면서 정부 회의를 한다면 전쟁이 줄어들 거야."

"계획을 세운 다음에는 뭘 해요?"

"사냥을 하러 가야지."

센 강의 약 10미터 높이에서 갈색 눈동자가 거리를 내려다보았다. 갈색 눈동자는 보스트 호텔에 멈춰 서는 마차와 초조하게 손가락을 꼼지락대며 흥분으로 어깨뼈를 잔뜩 움츠린 여자아이를 지켜보았다. 여자아이가 뭔가를 다짐하듯 입술을 앙다물며 첼로 상자를 끌어 내리는 모습도, 지나치는 자동차에 깜짝 놀라서 허둥지둥 물러서는 모습도, 상자를 열고 첼로를 꺼내 걱정스럽게 앞뒤로 살피는 것도 지켜보았다. 여자아이는 도로에 쭈그려 앉아 손가락으로 첼로를 튕기며 선율을 뽑았다. 지나다니는 자동차들 소리에 거의 묻혔지만 부드러운 소리였다. 갈색 눈동자는 감동을 받은 듯 크게 깜박거렸다.

보스트 호텔

소피가 세운 계획은 어쩔 수 없이 간단했다. 소피는 종이에 계획을 적었다.

1. 샤를마뉴 거리를 찾는다.

2.

소피의 펜은 두 번째에서 머뭇거리다가 커다란 물음표를 그렸다. 소피는 종이를 주머니에 넣고 찰스를 찾으러 갔다.

찰스의 방은 그럭저럭 괜찮았지만 아주 멋지다고는 할 수 없었다. 방에는 두 개의 막대기 같은 의자가 바닥에 어지러운 자국을 남겨 놓았다. 한꺼번에 싸게 구입한 듯한 깔개 두 장이 깔려 있고, 침대 머리맡의 양초는 누군가 태우다 만 듯했지만 침대보에서 나는 라벤

더 향은 좋았다. 센 강에서 바람이 불어오자 공기에서 소금기가 느껴졌다. 소피는 이제까지 호텔이 편안하게 느껴진 적이 없었다. 호텔은 왠지 오싹한 기분이 들었다.

보스트 호텔은 높고 멀쑥한 건물로 아파트 사이에 끼어 있었다. 창문으로는 좁은 거리와 도로 주위의 카페들이 보였다. 숙박비는 쌌다. 소피는 실내에 화장실이 없기 때문일 거라고 생각했다. 화장실 대신 정원에 나무 상자가 놓여 있었다. 그것만 빼면 완벽했다.

소피는 찰스의 침대에 앉아서 깡충거렸다. 침대 위쪽에는 턱수염이 곱슬한 남자의 그림이 걸려 있었다.

"이 아저씨 턱수염이 맘에 들어요. 붓으로 사용하면 좋겠어요."

"뭐라고?"

찰스는 웃음을 터뜨렸다.

"욕실은 찾았니?"

"네. 하지만 거미 가족이랑 함께 사용해야 할 것 같아요. 그리고 천장 들보에 새집이 있어요. 정말 좋아요."

"이제 네 방을 보러 갈까? 첼로 상자를 들어 줄게. 싫어? 좋을 대로 하렴."

소피의 침실은 다락에 있었다. 입구가 좁아서 찰스는 바깥에 서 있고 소피 혼자서 안으로 들어갔다. 첼로 가방을 내려놓자 서 있을 공간도 거의 없었다.

"이것 보세요."

벽에는 그림들이 뒤죽박죽으로 걸려 있었다. 검은색 잉크로 빠르고 힘차게 그린 펜화들이 마치 살아서 꼼지락대는 것 같았다.

"이 그림들은 꼭 프랑스 어 같아요."

"마치 음악 같구나."

찰스는 고개를 밀어 넣고 방 안쪽을 살펴보았다.

"창문은 없니?"

"지붕창이에요."

조그만 침대의 네 기둥에는 하얀 면 덮개가 드리워지고, 위는 뚫려 있었다. 비스듬한 지붕에는 창문이 붙어 있었다. 소피는 위를 올려다보면서 찰스가 왜 창문을 바로 알아보지 못했는지 알았다. 창문 바깥쪽이 새똥으로 두껍게 덮여 있어서 하얀 천장이랑 헷갈렸기 때문일 것이다.

"창문이 열릴까요?"

"그걸 알아보려면 한 가지 방법밖에 없지."

찰스는 방으로 조심스럽게 들어와서 침대 위에 신문지를 깔았다. 그리고 신문지 위에 올라서서 걸쇠를 비틀어 열었다. 하지만 창문은 열리지 않았다. 창문을 밀어 보기도 하고 우산으로 경첩을 찔러 보기도 했지만 창문은 꼼짝도 하지 않았다.

"녹슨 경첩은 쉽게 해결할 수 있어. 페인트 칠 때문에 막힌 게 아니니까 어렵지 않을 거야."

"호텔에 기름이 있을까요?"

"그럴 것 같지는 않구나. 내일 나가서 구해 보자."

"네."

소피는 침대 위에 서서 실눈을 뜨고 비둘기 똥 사이로 창문 밖을 바라보았다. 붉은색 굴뚝과 푸른 하늘이 보였다.

"내 마음이 내 몸에 비해서 아주 많이 큰 느낌이에요. 모든 것이 아주 낯익게 느껴져요. 왜 그런지 모르겠어요. 하지만 사실이에요. 내 말이 믿어지세요?"

"파리가?"

"네, 아마도. 사실은 저 굴뚝 이야기였어요. 왠지 낯익어요. 색깔이 정말 멋지지 않아요?"

찰스는 학자였다. 학자는 뭔가를 알아채는 사람이라고 찰스는 늘 말했다. 학자인 찰스는 지금 소피가 얼마나 혼자 있기를 원하는지 마음의 소리를 들었다. 그래서 성큼성큼 문밖으로 걸어 나갔다.

"30분 동안 천천히 구경해라, 소피. 그런 다음 지도를 구해서 샤를마뉴 거리로 가자꾸나. 센 강 가까이에 있다면 여기서 멀지 않을 거다."

비비안

샤를마뉴 거리는 찾기 쉬웠다. 걸어서 10분 거리였다. 자갈길을 지나고, 카네이션이 가득한 창가 화단을 지나고, 따뜻한 롤빵을 먹고 있는 아이들을 지나는 10분. 소피의 마음은 원을 그리다가 빠르게 춤을 추다가 마침내 걷잡을 수 없이 둥둥 날았다.

"진정해. 가만히 있어."

소피는 스스로에게 속삭였다.

"소피, 뭐라고 말했니?"

찰스가 물었다.

"아니에요. 비둘기들에게 노래 불러 줬어요."

가게는 창문 위쪽에 명판이 붙어 있었다. 가게 안에는 부드러운 받침대 위에 바이올린이 올려져 있고 꽃이 놓여 있었다. 하지만 바이올린을 뺀 모든 것들이 먼지를 뒤집어쓰고 있었다. 여기저기 지나치게 많은 물건들로 넘쳐 났다. 물건들은 금방이라도 선반에서 떨어질 준비를 하고 있는 것 같았다.

소피는 배에 힘을 주고 초조하게 찰스를 바라보았다. 찰스는 키가 너무 커서 엉거주춤하게 서 있었다.

"여보세요?"

소피가 먼저 불렀다. 뒤이어 찰스가 덧붙였다.

"안녕하십니까?"

아무도 대답하지 않았다. 둘은 꼼짝도 않고 서서 기다렸다.

소피는 째깍째깍 5분을 기다린 뒤, 10초마다 "여보세요? 봉주르? 안 계세요?" 하고 불렀다.

"아무도 없는 것 같구나. 나중에 다시 올까?"

"안 돼요. 기다려요."

"여보세요?"

찰스가 다시 불렀다.

"여기 첼로를 하는 아이가 있습니다. 도움이 필요해요."

그러자 말이 재채기하는 것 같은 소리가 들리더니, 카운터 뒤에 있는 문에서 노인이 눈을 비비며 나타났다. 허리는 구부정하고, 셔츠를 꽉 채운 불룩한 배는 허리띠 위에 얹혀 있었다.

노인이 프랑스 어로 빠르게 몇 마디 했다.

소피는 뭐라 해야 할지 몰라 공손하게 웃음만 지었다. 그러자 찰스가 프랑스 어로 대꾸했다.

"할아버지가 뭐라 그랬어요?"

소피가 소곤거리며 찰스에게 물었다. 그러자 노인이 친절하게 미소를 지었다.

"아하, 너는 영국인이구나. 낮잠을 자고 있었다고 말했어. 무얼 도와줄까?"

노인이 이번에는 프랑스 억양이 강하지만 알아듣기 쉬운 영어로 물었다.

"네, 도와주세요. 제발!"

소피는 명판을 탁자 위에 올려놓았다.

"첼로 상자 뚜껑에 나사로 고정되어 있던 겁니다. 우리에겐 아주 중요한 물건입니다. 이것에 대해 아는 게 있으시면 뭐라도 말씀해 주시겠습니까?"

찰스가 공손하게 말했다.

노인은 전혀 놀라지 않고 명판을 만지작거리더니 말했다.

"이건 내가 직접 새긴 거예요. 첼로 상자 안쪽에 붙였지요. 초록색 안감 밑에요."

"네, 거기 붙어 있었어요."

"오래된 거네요. 왜냐하면 10년 전부터 황동을 사용하지 않거든요. 천 아래에서 녹이 슨다는 것을 알게 돼서요."

"그런데 왜 명판이 안감 아래에 붙어 있나요? 분명히 그럴 만한 이유가 있겠지요?"

찰스가 물었다.

"물론이죠. 그래야 명판이 첼로를 긁지 않거든요."

"할아버지……,"

소피는 숨을 잠시 멈췄다가, 다시 숨을 내쉬었다.

"이 명판이 붙어 있던 첼로가 어떤 건지 기억하세요? 누가 그 첼로를 사 갔는지 기억하세요?"

"물론이지, 얘야. 첼로는 아주 비싸단다. 그리고 한 사람이 평생 스무 개 정도밖에 만들지 못하거든. 여기에 씌어 있는 일련번호 보이지? 291054. 이건 29인치를 뜻해. 너도 알 거라고 생각한다만, 일반적으로는 첼로는 32인치거든. 지난 30년 동안 이런 첼로는 세 개밖에 만들지 않았단다."

"누가 이 첼로를 사 갔나요?"

소피는 탁자 위의 명판을 노인에게 더 가까이 밀었다.

"나에게는 아주 중요한 문제예요."

"그 특별한 첼로는 여자가 사 갔던 거 같은데."

"여자요? 어떤 여자요?"

소피의 배 속이 사정없이 꿈틀거렸다. 하지만 소피는 흔들리지 않았다.

"잘생긴 여자였던 것 같다만."

찰스가 뒤이어 물었다.

"좀 더 구체적으로 알려 주시겠어요? 그게 언제였습니까?"

"글쎄…… 15년 전쯤? 그보다 더 되었을 수도 있고, 덜 되었을 수도 있고. 아름다운 여자치고는 꽤 평범했어요. 아름다운 여자들은 보통 좀 특이하잖아요."

"또 어땠어요? 네? 다른 건요?"

소피가 조바심을 내며 물었다.

"키가 컸단다."

"그리고요?"

소피는 초조해서 스웨터의 목둘레를 잡아당겨 잘근거렸다.

"또 다른 거? 더는 없는 거 같구나."

"제발, 떠올려 보세요. 네? 중요한 일이에요. 아주 중요하다고요!"

"글쎄, 여자의 손가락이 음악가처럼 생겼던 게 기억나는구나. 아주 창백하고 나무뿌리처럼 가늘고 길었지."

"또 다른 거는요?"

"머리가 짧고, 눈언저리에 움직임이 많았어."

"머리카락 색깔은요? 눈 색깔은요?"

"좀 밝은 편이었던 것 같은데. 노란색 아니면 오렌지색? 가물가물하구나."

"제발, 제발, 떠올려 보세요! 중요하다고요!"

"나도 정말 너를 도와주고 싶구나. 하지만 나는 사람 얼굴을 잘 기억하지 못한단다. 사람보다는 악기를 더 잘 기억하지."

노인은 눈을 가늘게 뜨고 어둠 속에 나란히 서 있는 두 사람을 쳐다보았다.

"하지만 여자랑 비슷하게 생긴 것 같아. 당신, 아니 선생님 말고요. 너 말이다."

노인이 소피를 쳐다보며 말했다.

"확실해요? 지어낸 얘기가 아니라고 맹세할 수 있어요? 확실하다고 맹세할 수 있냐고요."

소피가 다그치듯 물었다.

"나이가 들면 확신할 수 있는 게 별로 없단다. 확신하는 건 나쁜 버릇이야."

노인이 미소를 짓자 피부가 버석거렸다.

"아차, 기다려 보렴. 그 첼로를 팔 때 같이 있었던 조수한테 물어보자꾸나. 아마 나보다 더 잘 기억할 거다. 요즘 나는 오직 음악만 기억하거든."

노인이 조수를 불렀다.

주인이 부드럽고 푸근한 데 비해 조수는 딱딱하고 말랐다. 둘은 잠시 프랑스 어로 이야기를 주고받았다. 그러더니 조수가 찰스에게 몸을 돌려 알은체를 했다.

"기억납니다. 여자 이름은 비비안이었어요."

느닷없이 이름이 튀어나오자, 찰스는 한 대 맞은 듯 정신이 멍해졌다. 소피도 할 말을 잃었다.

찰스가 조수에게 물었다.

"성은 뭐죠?"

조수가 어깨를 으쓱했다.

"그건 모르겠어요. 무슨 색깔 이름이었던 것 같은데. 루즈? 잘 모르겠어요. 아마도 베르? 아, 베르가 맞는 것 같아요."

소피는 속이 울렁울렁했다. 비비안 베르! 마법의 주문 같았다.

다시 찰스가 물었다.

"고맙습니다. 그밖에 또 기억나는 건 없습니까? 결혼한 사람이었습니까? 아이는 있었나요?"

"결혼도 안 했고, 아이도 없었어요."

조수는 눈이 차갑고 입이 냉소적인 사람이었다.

"여자는 가난했어요. 옷차림은 망신스러울 정도였지요. 설령 여자에게 아이가 많았다 해도 놀라진 않았을 거예요. 여자는 법적으로 문제가 있는 사람으로 보였어요."

"뭐라고요?"

소피가 조수를 노려보았다.

"여자는 말투가 제멋대로였어요."

찰스는 소피의 얼굴을 보고는, 얼른 끼어들었다.

"여자는 전문 음악가였습니까?"

조수는 과장스럽게 어깨를 으쓱했다.

"프랑스에서 여자는 전문 음악가가 될 수 없습니다, 다행스럽게도. 하지만 여자는 내가 연주를 멈추게 할 때까지 눈치 없이 계속해서 첼로를 연주했어요."

소피가 날카롭게 말했다.

"당신이 연주를 멈추게 했다고요?"

"꼬마 아가씨, 그런 말투로 얘기하면 안 돼. 여자는 다른 손님들을 방해했어."

"연주는 훌륭했나요?"

조수는 그것이 얼마나 중요한 질문인지 이해하지 못하는 것 같았다. 소피도 어떻게 해야 조수를 이해시킬 수 있을지 방법을 몰랐다.

소피는 주먹으로 탁자를 탕탕 쳤다.

"연주가 훌륭했냐고요!"

조수는 다시 어깨를 으쓱했다.

"애야, 여자의 재능에는 한계가 있어. 그리고 그 여자의 연주는 특이했어."

소피는 있는 힘껏 조수를 때리고 싶었다. 벽에 걸린 바이올린으로 흠씬 두들겨 패고 싶었다.

그때, 기침 소리가 들렸다. 노인이 책상 뒤에서 돌아 나와 조수 옆에 서더니, 첼로 활을 잡았다.

"릴, 한번 연주해 보는 게 어떻겠나?"

조수는 당황한 듯 얼굴을 붉혔다.

"내 말은 음악적인 면에서 여자가 특이했다는 얘기예요. 여자는 장송곡을 두 배 빠르기로 연주했어요. 포레의 레퀴엠을 존엄성 없이 연주했다고요."

"정말 그랬어요?"

소피가 물었다.

"그랬단다. 기억나는구나, 기억나. 교회 가까이에 살아서 장송곡 외에는 아는 곡이 없다고 했어."

노인이 미소를 지으며 말했다.

"교회요? 어느 교회인지 얘기했나요?"

"아니, 하지만 사람들은 음악에 맞춰 춤을 춰야 한다고 말했어. 그래서 교회 음악을 배웠고, 두 배 빠르기로 연주한다고."

소피는 그 얘기가 좋았다. 빠르고 경쾌한 음악은 소피가 하고 싶은 연주이기도 했다.

"연주는 좋았죠? 나는 알 수 있어요."

"좋다, 나쁘다 말할 수 없어. 그건 외설적이었어. 여자는 엄숙한 음악을 경박하게 연주했어. 그건 안 되지."

조수가 퉁명스럽게 말했다.

"우리를 위해 연주해 줄 수 있습니까?"

찰스가 정중히 부탁했다.

"안 됩니다. 나는 할 수 없어요."

"나는 할 수 있을 것 같네."

노인이 등을 곧게 폈다. 뼈가 부딪히는 소리가 났다.

"무슈! 의사가 한 말을 생각하세요."

조수가 깜짝 놀라 노인을 말렸다.

"꼬마 아가씨를 위하여."

노인은 상자에서 첼로를 꺼냈다.

"들어 보렴."

음악은 천천히 시작됐다. 소피는 몸을 떨었다. 소피는 레퀴엠을 좋아하지 않았다. 노인은 입을 다물고 속도를 올렸다. 음악이 행진으로, 달리기로, 점점 빨라졌다. 흥겨우면서도 슬프게 들릴 때까지. 소피는 음악에 맞춰 손뼉을 치고 싶었지만 리듬을 따라잡기 힘들었다. 춤추듯 빙글빙글 도는 음악이었다.

"폭풍우가 연주하는 음악이에요."

소피는 찰스에게 속삭였다.

"그래."

찰스가 대답하자,

"맞아, 정확히 바로 그거야!"

노인이 흩어져 있던 음들을 불러 모았다. 그러고는 힘겹게 활을 내려놓았다.

"뭐, 이런 연주였단다. 물론 여자는 나보다 훨씬 더 빠르게 연주했던 것 같아."

"하지만 여자는 무슈 에스테울만큼 우아하게 연주하지 않았어요. 돌진하듯 연주했지요. 젊은이들은 어리석게도 속도를 대단하게 여기죠."

조수의 말에 찰스가 눈썹을 치켜들었다. 눈썹은 힘을 지녔다. 조수는 조금 수그러진 말투로 말했다.

"인정합니다. 여자처럼 빨리 연주하는 사람은 본 적이 없어요."

"비비안. 비비안."

소피는 속삭이듯 이름을 되뇌었다.

"그래, 비비안이었어. 이제 뚜렷이 기억나는구나. 아주 뛰어났지, 그 속도! 그게 가능할 거라고는 생각지도 않았어."

노인이 말했다.

"하지만 절대 옳은 연주법은 아니었어요. 나는 별로 감동받지 못했어요."

조수는 여전히 인정할 수 없다는 투로 말했다.

"나는 감동적이었네. 아무튼, 나는 그랬어. 그리고 나는 쉽게 감동받는 사람이 아니야."

감사와 작별 인사를 나누는 찰스를 두고, 소피는 가게 밖으로 나왔다. 소피는 아무 말도 할 수 없었다. 머리에 음악을 간직해야 했다. 소피의 뇌 한구석에는 음악을 보관하는 곳이 있었다. 앞쪽 가까이, 약간 왼쪽이라고 느껴지는 곳이었다. 소피는 그곳에 비비안의 레퀴엠을 소중히 담았다.

사라진 기록

여자의 이름을 알고 나자 일이 빠르게 진행되었다.

다음 날, 찰스는 경찰 본부 기록물 보관소의 서기관과 약속을 잡았다. 그리고 깔끔한 글자로 서류를 작성했다.

실종자: 비비안 베르.

그러고는 망설였다.

"다음은 탄원자 이름이야."

"뭐라고 적어야 해요? 거짓말할 거예요? 진짜 우리 이름을 적지는 않을 거죠?"

소피가 물었다.

"절대 안 되지. 우리는 도망을 다니는 중이거든. 소피 너는 나보다 더 위험하니까 호텔에 머무르는 편이 좋겠구나."

"가짜 이름을 사용하면 되지 않아요?"

"물론 그렇지. 하지만 지금쯤 런던에서 이곳 근처의 항구로 전보를 보냈을 거야."

"그건 며칠쯤 걸릴 거라고 했잖아요."

"그러기를 바란 거지."

"그런데 왜 내가 더 위험해요?"

"나는 별 특징이 없잖니. 그런데 너는 기억에 남는 생김새를 가졌어. 특히 네 불꽃색 머리카락 말이다."

소피는 찰스가 외출한 동안 다락방 침실에서 홀로 기다리는 자신을 떠올려 보았다. 속이 울렁거렸다.

"안 돼요. 나도 함께 가야겠어요."

"꼭 그래야겠니?"

"사람들 앞에서 아무 말도 하지 않고 가만히 있을게요. 제발 데려가 주세요."

찰스는 망설였다.

"소피, 너 치마 있니?"

"네, 드레스 있어요."

"모자는 있니? 네 머리카락을 가릴 만한 것으로."

"네, 엘리어트 양이 준 게 있어요. 그런데 그걸 쓰면 푸들처럼 보여요."

"잘됐다. 우리에 대한 경찰 기록에 푸들 얘기는 없을 테니까. 꼭 모자를 쓰도록 해라."

다음 날, 소피는 아침 일찍 일어나 재빨리 옷을 입었다. 하지만 웬일인지 숨이 잘 쉬어지지 않았다. 아마도 소피의 가슴속에 너무 많은 소망이 들어 있어서 공기가 들어갈 공간이 부족한 것 같았다.

경찰 본부는 아주 컸다. 소피는 건물이 너무 차갑게 생겼다고 생각했다. 하지만 접수 담당자는 얼굴이 귀엽고 상냥했다. 만나기로 약속한 서기관을 기다리는 동안 찰스는 접수 담당자에게 박하사탕을 권했다. 여자는 살짝 놀란 듯했지만 활짝 웃으며 세 개를 집었다. 찰스와 여자는 프랑스 어로 뭔가를 얘기하며 웃었다. 웃음소리가 대리석 홀 주위로 크게 울려 퍼졌다. 사람들이 둘을 쳐다보았다. 소피는 조금 떨어진 곳으로 가서 프랑스 어로 적혀 있는 안내문을 읽는 척했다.

여자가 소피를 쳐다보더니 찰스의 옷깃을 잡아당겼다. 찰스가 공손하게 머리를 기울이자 귀에 대고 뭐라고 속삭였다. 그러다가 소피를 쳐다보고 또다시 웃었다. 소피는 당황스러워서 얼굴을 찡그렸다. 웃음소리가 잦아들 때쯤 서기관이 나타났다. 여자는 고개를 숙이고 서류들을 정리하기 시작했다.

"빨리 오십시오. 10분밖에 시간이 없어요."

서기관은 영어로 능숙하게 얘기했다.

"그리고 브리지트, 업무 시간에 웃지 않도록 해."

서기관은 말을 하기 전에 혀로 이를 축이는 버릇이 있었다. 마치 파리를 잡아먹으려는 개구리 같았다. 소피는 긴장한 티를 내지 않으려고 애썼다. 윗입술에 송골송골 땀이 맺히자, 얼른 찰스 뒤에 숨어서 땀을 닦았다.

복도에는 대리석이 깔려 있어서 서기관을 따라 걸을 때, 소피의 신발 굽에서 딸각딸각 소리가 울려 퍼졌다. 소피는 발끝으로 걸으려고 했지만 복도의 반도 못 가 뒤처졌다. 서기관은 뒤를 돌아보며 기운 없이 한숨을 내쉬었다.

소피는 얼굴을 붉혔다.

"죄송해요. 일부러 그러는 게 아니에요. 신발이 새 거라서요."

찰스가 되돌아와 소피의 손을 잡았다.

"미안해하지 마라. 네 신발은 아주 멋져. 마치 탭 댄서 같구나."

서기관이 못마땅한 듯이 몸을 돌렸다. 그러자 소피가 찰스를 잡아당겨 귓속말로 얘기했다.

"아까 접수 담당자가 뭐라고 했어요?"

"아, 네가 아름다운 여전사처럼 생겼다고 칭찬했어. 그래서 너에 대해 조금 얘기해 줬지."

"그런데 왜 웃었어요?"

"너를 보고 웃은 게 아냐. 그나저나 이곳은 웃음이 좀 필요하겠구나. 그렇지 않니?"

"네, 감옥 같아요."

소피는 찰스를 꼭 잡았다.

"여기 사람들은 중요한 것을 잃어버린 것 같아요. 그러니까 고양이라든가 춤 같은 것 말이에요."

"무슨 말인지 알겠구나. 우리가 복도를 한번 흔들어 볼까?"

"네!"

소피는 자신을 다독였다. 용기를 내. 너는 여전사를 닮았어.

소피는 등을 곧게 펴고 발을 쿵쿵 굴렀다. 찰스는 어설프게 투스텝으로 춤을 췄다. 마치 사다리를 기어오르는 말처럼 보였다. 소피는 찰스의 모습에 기분이 좋아서 높이 뛰어올라 발목을 서로 부딪혔다. 찰스는 한 손으로 허벅지에 대고 손뼉을 쳤다.

서기관이 비난하듯이 한숨을 내쉬었다. 그러자 서기관의 앞머리가 해초처럼 위쪽으로 물결쳤다.

소피는 찰스의 등 뒤에 숨어서 혀를 쏙 내밀었다.

서기관은 커다란 갈색 책상이 있는 방 밖에 멈춰 섰다.

"여기가 면회실입니다. 최근에 새롭게 단장했지요. 그러니 아이가 아무것도 만지지 못하게 해 주시기 바랍니다."

벽에 걸린 액자들은 모두 꽉 끼는 옷을 입은 남자들 사진이었다. 한 사람은 방귀를 뀌고 있는 것 같은 표정이었다. 마치 의도적으로 모든 것을 음침한 색으로 칠한 방 같았다. 샹들리에마저 우울해 보였다.

"방이 매우…… 깨끗하네요."

소피는 머리카락이 완전히 가려지도록 모자를 깊숙이 당겼다.

"스미스 씨, 아무래도 우리가 이야기를 나누는 동안 아이는 바깥에서 기다리는 게 좋겠습니다."

서기관은 복도에 줄지어 있는 의자들을 가리켰다.

"알겠습니다. 하지만 이 아이가 원한다면 우리와 함께 있게 할 겁니다."

찰스의 얼굴은 조심스러우면서도 무표정했다.

"같이 있고 싶어요. 아저씨, 아무 말 않고 얌전히 있을게요."

소피가 간절히 부탁했다. 하지만 말하지 않기로 한 것이 생각나 얼른 입을 다물고 서기관을 노려보았다.

"그럼, 앉으십시오. 오래 걸리지 않을 겁니다."

서기관은 키가 작았다. 서기관의 코는 찰스의 빗장뼈까지 왔다. 이번에는 찰스가 넥타이가 일렁일 만큼 세게 한숨을 내쉬었다.

소피는 찰스를 흘깃 바라보았다.

"왜요? 별로 좋지 않은 거죠?"

소피가 속삭였다.

찰스는 고개를 살짝 흔들면서 입 모양으로 말했다.

"조용히 하렴."

소피는 다시 입을 다물었다.

서기관이 말했다.

"시작하기 전에 말해 둬야 할 것 같은데요, 이건 우리가 환영하는 종류의 의뢰가 아닙니다."

"네?"

찰스가 물었다. 소피는 찰스에게서 눈을 떼지 않았다. 찰스의 얼굴은 벽돌담처럼 무표정했다.

"이런 의뢰들을 처리하는 것이 당신의 업무 아닙니까?"

"네. 제 업무의 작은 부분이지요. 하지만 선생님이 만난 적도, 심지어 본 적도 없는 사람을 찾아 달라는 요청은 조금 터무니없어 보입니다."

"그렇습니까? 대단히 흥미롭군요."

"이런 조사는 열에 아홉은 시간 낭비에, 실망만 안겨 드릴 뿐이라고 한다면 이해하실 겁니다."

"알겠습니다. 그렇다면 열 번째는요?"

찰스는 흔들리지 않았다.

"사실 천 번에 구백구십구라고 말했어야 했어요."

서기관도 굽히지 않고 말했다.

"좋습니다. 그렇다면 천 번째는요?"

"선생님도 예외가 되진 않을 겁니다. 저는 그런 여자가 존재한다는 걸 믿을 수가 없어요."

"세상에는 도저히 믿을 수 없지만 사실로 밝혀진 일들이 셀 수 없이 많이 있습니다. 한 가지 가능성이라 해도 절대 무시해서는 안 됩니다."

"선생님, 솔직히 이 조사는 불가능합니다. 태어난 곳도, 태어난 날도, 직업도 모르는 여자를 찾아 달라니요……."

소피가 참지 못하고 끼어들었다.

"그 여자는 음악가예요."

"미안하지만, 스미스 양, 여자 음악가는 없습니다. 사실 '비비안 베르'라고 불리는 여자에 대한 기록이 있긴 합니다만……."

"그래요? 뭐라고 적혀 있는데요?"

소피는 화살처럼 꼿꼿하게 앉았다. 서기관은 소피의 말을 못 들은 척했다.

찰스가 소피의 질문을 되풀이했다.

"기록에 뭐라고 적혀 있습니까?"

"선생님 말씀이 사실이라 해도, 같은 여자일 수는 없습니다. 그 여자는 음악가가 아니었어요. 법적으로도 조금 문제가 있었고요."

"어떤 문제인데요?"

소피가 물었다.

"무단 침입, 배회, 부랑자와 어울리기. 어쨌든 여자는 13년 전에 사라졌어요. 갑자기 의료 기록도 은행 기록도 없어졌고요. 그런 여자들은 종종 사라지지요. 아이에 대한 기록은 없었습니다. 그리고 여자가 퀸메리호에 탑승했다는 기록은 확실히 없어요."

"우리가 퀸메리호에 대한 기록을 좀 볼 수 있겠습니까?"

찰스의 질문은 간단했다. 하지만 서기관의 얼굴은 얼어붙었다. 입 꼬리가 아래쪽으로 일그러졌다.

"봐야 할 이유라도 있습니까, 선생님?"

"물론 있어요! 나는…….

소피가 소리치다가 말을 멈췄다.

"뭐라고 했니?"

서기관이 물었다.

"아무것도 아니에요. 죄송해요."

소피는 중얼거렸다. 지금 소피는 스미스였다. 소피 맥심과는 아무 상관이 없는.

서기관은 다시 소피에게서 눈을 돌렸다. 그러자 찰스가 말했다.

"호기심은 대부분의 경우에 좋은 이유가 된다고 생각하는데요. 기록을 보여 주지 못할 어떤 이유라도 있으십니까?"

"그렇습니다."

소피는 서기관이 대답하면서 서류 캐비닛을 슬쩍 곁눈질하는 것을 보았다.

"정확한 건 아니지만, 그 기록들은 배와 함께 바다 속으로 가라앉았을 겁니다. 그런 종류의 조사는 제 책임이 아닙니다. 서류 작업은 복잡한 일입니다. 죄송하지만, 도와드릴 수 없을 것 같습니다."

서기관의 목소리가 날카로워졌다.

"그렇다면 우리 요청을 다른…….

찰스가 얘기를 하는데,

"커피 좀 가져와!"

서기관이 벨을 누르며 소리를 질렀다.

"가시기 전에 커피 좀 드시겠습니까?"

"고맙습니다만, 괜찮습니다. 저는 이 일에 대해 얘기를 좀 더 하고 싶은……."

"꼭 드셔야 합니다! 프랑스 커피는 세계 최고입니다."

서기관의 눈은 당황해서 어쩔 줄을 몰랐다.

접수 담당자가 은색의 다과 탁자를 밀면서 방으로 들어왔다. 여자는 소피에게 한쪽 눈을 찡긋했다.

"얼른 내려놓고 가, 브리지트."

접수 담당자가 방을 나가자 서기관이 찰스를 보며 말했다.

"방금 무슨 얘기를 하던 중이었죠, 선생님?"

소피는 커피를 한 모금 삼키려고 했으나 목구멍이 말을 듣지 않았다. 소피는 조용히 컵에 커피를 뱉었다. 그러다가 소피의 하얀 드레스에 커피가 튀었고, 서기관은 움찔했다.

"죄송해요. 너무 뜨거워서요."

소피가 중얼거렸다.

서기관은 말없이 소피한테서 등을 돌렸다. 몹시 지쳐 보였다.

"방금 무슨 얘기를 하던 중이었죠, 선생님?"

서기관이 같은 말을 되풀이했다.

"서기관님이 말하고 있었지요. 퀸메리호 기록을 찾아 줄 수 없다고요. 저는 우리의 의뢰를 달리 생각해 줄 다른 사람에게 넘겨 줄 것을 요청하고 있었고요."

찰스가 차분하게 이야기했다.

서기관이 커피를 마시며 생각을 정리했다.

"도와드릴 수 없을 것 같군요. 그건 절대로 불가능합니다. 내부 규약입니다."

찰스는 고개를 끄덕였다. 찰스는 끝없이 공손했다.

"알겠습니다. 얘야, 잠깐만 밖에 나가 있어 주겠니?"

"왜요? 커피를 뱉어서요? 이제 그러지 않을……."

"그래서가 아니란다. 하지만 잠시 나가 있으렴."

소피는 말없이 찰스의 얼굴을 바라보고는 일어섰다.

"바로 문밖에 있을게요."

소피는 등 뒤로 문을 닫고는 주저앉아 무릎을 감싸 안았다. 복도는 아까보다 더 춥고 어두웠다. 소피는 주먹을 꼭 쥐고 천장을 바라보았다. 그리고 무릎에 얼굴을 묻고 속삭였다.

"제발, 제발. 나는 엄마가 필요해."

심장이 아프도록 벌렁거렸다.

"엄마는 내가 원하는 전부야."

방 안에서 목소리가 흘러나왔다. 소피는 몸을 덜덜 떨며 열쇠 구멍에 귀를 갖다 댔다. 차가운 금속이 닿자 얼굴이 꿈틀거렸지만, 목소리는 똑똑히 들을 수 있었다.

"……어리석은 소리예요. 아이의 상상……, 어린 여자아이의⋯⋯."

서기관의 목소리였다. 뒤이어 찰스의 목소리가 들렸다.

"서기관님은 아이들을 과소평가하고 여자들을 얕잡아 보시는군요. 저는 경찰 국장과의 면담이 필요합니다."

"선생님은 자신의 중요성을 과대평가하시는군요. 저는 선생님을 국장님과 만나게 해 드릴 수 없습니다."

"알겠습니다."

잠시 아무 소리도 들지 않았다. 소피는 숨소리를 죽였다.

"접수 담당자가 매우 매력적이더군요. 게다가 저에게 많은 도움을 주었어요."

"무슨 말인지 모르겠군요."

"브리지트가 당신의 재미난 회계 방식에 대해 얘기했어요. 숫자에 대한 당신의 이해력은 정말⋯⋯, 독특하더군요. 그리고 요즘 들어 당신의 은행 계좌가 자주 등장하는 것 같던데요."

식식거리는 소리가 들려왔다. 소피는 서기관이 커피를 마시는 소리라고 생각했다.

"저는 부정한 것들을 다룰 생각은 없습니다. 하지만 경찰 국장과의 만남은 우리의 공통 관심사라고 여겨지는군요."

"이건 협박입니다."

"물론."

찰스가 말했다.

"협박은 무거운 죄입니다."

"분명히."

"그 아이가 그토록 가치가 있습니까? 당신이 중죄를 지을 만큼?"

서기관의 목소리는 싸늘한 시체처럼 딱딱하고 차가웠다.

"그렇습니다. 그 아이는 불꽃처럼 환히 빛납니다."

찰스가 차분히 말했다.

"상당히 평범해 보이던데요."

밖에서 엿듣던 소피가 발끈했다.

"사람들은 그렇게 얘기하죠, 그 아이를 제대로 알기 전까지는. 하지만 그 아이에겐 특별한 재능과 기개가 있지요."

의자가 밀리는 소리가 들렸다. 문이 열리자, 소피는 비틀거리며 두 걸음 뒤로 물러났다.

"들어와라, 소피. 서기관님한테 좋은 소식이 있다는구나."

서기관은 아까보다 낯빛이 하얘진 채로 콧구멍을 벌름거렸다.

"우리가 경찰 국장님과 약속을 잡을 수 있을 것 같구나. 그 분이라면 아마 너를 도울 수 있을 거야."

찰스가 계속해서 서기관을 향해 말했다.

"서기관님, 정말 고맙습니다. 내일이면 되겠습니까?"

서기관이 난처한 표정을 지으며 말했다.

"내일은 불가능합니다. 국장님이 이번 주는 매우 바쁘십니다. 시간을 내주실지도 잘……."

찰스가 벌떡 일어나더니 큰 키로 서기관에게 성큼 다가갔다. 찰스의 눈썹이 위협하듯 치솟았다.

"그러면 모레 정오에 뵙겠습니다. 가자, 얘야."

소피는 찰스의 귀를 잡아당기며 속삭였다.

"아직 커피를 다 마시지 않았어요. 다 마셔야 하나요?"

"아니. 나도 남겨야 할 것 같구나. 커피에서 퀴퀴한 양탄자 같은 맛이 나."

"나는 까맣게 탄 머리카락 같은 맛이라고 생각했어요."

지붕창

파리의 밤은 런던의 밤보다 조용했다. 달빛이 책을 읽을 수 있을 만큼 밝게 비추었지만 글자가 눈에 들어오지 않았다. 침대에 누워도 잠이 오지 않았다. 소피는 겁이 났다. 겁낼 이유가 하나도 없다고 스스로를 다독였지만, 자꾸만 맥박이 빨라져 숨을 쉴 수 없었다. 소피는 마음을 가라앉히기 위해 찰스를 생각했다. 항상 친절하고 키가 큰 키다리 아저씨. 다음에는 그리 멀지 않은 어딘가에 살고 있을 엄마를 떠올렸다. 하지만 어느 쪽도 도움이 되지 않았다. 경찰에게 붙잡힐 것 같은 공포와 엘리어트 양의 비웃음이 자꾸만 괴롭혔다. 소피의 뒤척거림에 침대보와 담요가 바닥으로 떨어졌다. 소피는 여전히 잠들지 못했다.

마침내 소피는 침대 위로 올라서서 지붕창을 가까이 살펴보았다. 낮에 기름을 사 오는 것을 깜빡했다. 창문 고리를 세게 잡아당겨 보앉지만 꿈쩍도 하지 않았다. 경첩은 녹슬고 벗겨져 있었다.

"그래!"

소피에게 좋은 생각이 떠올랐다.

소피는 한 번에 두 계단씩 달려 내려가 식당 문에 귀를 기울였다. 아무도 없는 듯했다. 소피는 가장 가까운 식탁으로 달려가 올리브 오일을 집었다. 그리고 구석에 있던 쥐가 놀라서 껌벅거리는 사이에 다시 바깥으로 나왔다.

소피는 구겨진 신문지 한 움큼에 오일을 부어 경첩에 문질렀다. 하지만 경첩은 꿈쩍도 하지 않고 신문지는 손바닥에 달라붙어 찢어졌다. 뭔가 더 질긴 것이 필요했다.

"천, 천이 필요해."

소피가 나직이 중얼거렸다. 베갯잇으로 해 볼까. 하지만 호텔에서 찰스에게 항의를 할 것이다. 그러다 기막힌 생각이 떠올랐다. 소피는 털양말 한 짝을 꺼내 장갑처럼 손에 꼈다. 그 위에 오일을 반병 따랐다.

이 사이로 혀를 내밀며 경첩을 박박 문질렀다. 녹이 벗겨져 나가면서 그 아래로 밝은 황동이 드러났다. 소피의 가슴이 마구 뛰기 시작했다. 경첩이 부드러워지자 걸쇠를 눌렀다. 걸쇠는 아직도 뻑뻑했지만 소피의 손가락에 묻은 오일이 도움이 되었다. 드디어 세게 창문을 밀었다. 하지만 그대로였다. 더욱 세게 밀었지만 창문은 성내듯이 삐걱거리기만 할 뿐이었다.

소피는 욕을 하며 마룻바닥에 주저앉았다. 화를 낼 이유는 아니라고 스스로를 달랬다. 그냥 창문일 뿐이었다. 어쩌면 처음부터 열리지 않게 만들었는지도 모른다. 하지만 괜스레 코가 따끔거리고 눈물이 나려고 했다.

"진정해. 바보처럼 굴지 마. 생각해."

소피는 벌떡 일어섰다. 그때, 침대 옆 탁자에서 뭔가가 떨어졌다. 기차역 가게에서 친절한 여자가 준 롤빵이었다.

"오!"

빵 가장자리는 딱딱해졌지만 가운데는 여전히 달고 쫀득했다. 소피는 1분도 안 돼 롤빵을 다 먹어 치웠다. 아쉬워서 손가락까지 핥았다. 그리고 곧 후회했다. 설탕과 오일이 범벅이 되어 역한 맛이 났다. 소피는 다시 힘을 내어 몸을 일으켰다. 손바닥에 침을 뱉은 다음 온몸으로 창틀 모서리를 밀었다. 악착같이 힘을 쓰자 창문이 새된 소리를 내며 열리기 시작했다. 소피는 놀라서 펄쩍 뛰어오르며 뒤로 물러났다.

"열렸다!"

소피는 벽 선반에 한쪽 무릎을 놓고, 침대 틀에 한 발을 올려 뛰어올랐다. 양손은 바깥 지붕 위에서 잡을 곳을 찾아 허우적댔다.

얼마 뒤, 아파서 끙끙대다 보니 어느새 지붕 위였다.

한쪽 무릎에서 피가 철철 흘렀다. 소피는 피를 닦아 내고, 양말로 상처를 묶었다.

회색 지붕은 평평하고 매끈하게 멀리 뻗어 있었다. 소피는 호텔 지붕이 근처에서 가장 높을 것이라고 생각했다. 지붕에는 시커먼 검댕으로 뒤덮인 굴뚝과 풍향계가 있고, 여기저기 새똥으로 얼룩져 있었다. 비둘기 한 마리가 소피를 거만하게 쳐다보다가, 소피가 얼굴을 찌푸리자 뒤돌아섰다.

소피는 지붕 가장자리로 기어가 도시를 내다보았다. 짙푸르게 물든 파리가 발아래 펼쳐졌다. 가로세로로 뻗은 길과 광장, 가게의 밝은 차양들이 보였다. 위에서 보니 차양들은 놀랍도록 더러웠다. 남자 모자의 동심원 두 개가 보였다. 원통형의 춤이 높고 챙이 좁은 실크해트는 지붕 위에서 보니 훨씬 덜 바보 같았다. 강은 달빛을 받아 은백색으로 흐르고, 바람을 타고 젖은 건초 냄새가 풍겨 왔다.

소피는 몸을 좀 더 내밀고 바로 아래를 내려다보았다. 아차, 싶었다. 소피는 자기도 모르게 욕을 내뱉었다. 속이 뒤집혔다. 소피는 재빨리 뒤로 물러나 굴뚝을 힘껏 부여잡으며 마음을 가라앉혔다. 한 번도 이렇게 높은 곳에 앉아 본 적이 없었다. 돌멩이를 던져 맞힐 수 있을 만큼 달이 가깝게 보였다.

소피는 잠옷을 벗고 속바지와 러닝셔츠 차림으로 일어섰다. 그러고는 자리에서 빙빙 돌았다. 파리의 하늘이 소피와 함께 돌았다. 바람이 더 세게 불었다. 가슴에서 행복이 몽글몽글 피어올랐다. 소피는 양팔을 벌리고 함성을 지르며 굴뚝 주위를 맴돌았다.

소피는 밤새도록 지붕 위에 머무르고 싶었다. 하지만 시계가 새벽

2시를 알리고 얼마쯤 지나자, 날씨가 더욱 추워지고 무릎에서 다시 피가 흐르기 시작했다. 소피는 나뭇잎으로 대충 피를 닦고 양말로 더 단단히 묶은 뒤 침실로 내려갔다.

소피의 눈썹이 지붕창 안으로 막 내려갈 때, 건너편 지붕을 가로지르는 뭔가를 본 듯했다. 하지만 밤의 그림자는 눈을 헷갈리게 한다는 것을 소피는 알고 있었다. 그것은 단지 커다란 새이거나 밤바람의 소용돌이였을 것이다.

한밤의 침입자

소피가 한참 꿈속을 헤매고 있는데 쿵 하는 소리가 났다. 소피는 새된 소리를 지르며 잠에서 깨어났다. 하지만 엎드려 자고 있었기 때문에 소리는 베개에 묻혀 버렸다.

어둠 속에서 매우 또렷한 목소리가 들려왔다.

"그렇게 울부짖지 마. 호텔 사람들을 죄다 깨우겠어."

화장대 옆에는 컵이 깨져 뒹굴고, 양탄자는 진흙과 검댕으로 얼룩졌다. 그리고 침대 발치에 남자아이가 서 있었다.

"그만, 그만 울어, 소피!"

소피 생각에 자신은 울고 있지 않았다. 이런 상황에서는 누구나 그렇듯이 숨이 막혀 소리가 제대로 나오지 않을 뿐이었다. 소피는 머리카락을 뒤로 쓸어 넘겼다.

"넌 누구야?"

소피는 책을 집어 들었다.

"소리를 지를 거야."

"안 돼. 소리 지르지 마."

너무 어두워서 얼굴이 제대로 보이지 않았다. 얼핏 소피 또래 정도로 보였다. 다리가 길고, 동물처럼 경계하듯 굳은 표정이었다. 살인자처럼 보이지는 않았다. 소피의 숨이 조금 편안해졌다.

"왜? 난 지금 소리를 지를 거야."

"난 소리 지르는 걸 싫어해."

"원하는 게 뭐야?"

"너랑 얘기하고 싶어, 소피."

"내 이름을 어떻게 알아? 그리고 여기서 뭐 하는 거야?"

"그 남자가 널 부르는 소리를 들었어. 그 키 큰 남자. 네가 찰스라고 부르던 남자 말이야. 내 이름은 마테오야."

"우리를 보고 있었어?"

남자아이는 코를 후볐다.

"응. 너만 특별히 본 건 아냐. 난 모든 사람들을 봐."

"내가 소리 질러서 경찰을 부르면 넌 어떻게 돼?"

남자아이가 어깨를 으쓱했다.

"안 그럴 거잖아. 하지만 만일 네가 그렇게 한다면 나는 사라질 수 있어. 6초 안에."

남자아이는 지붕창을 흘깃 올려다보았다.

"그건 내가 너를 막지 않을 때 얘기지."

남자아이는 콧방귀를 뀌었다.

"어디 한번 막아 보든가."

"그건 그렇고 여기서 뭐 하는 거야?"

소피는 일어나 앉았다. 속으로는 침착하라고 소리쳤다. 방이 매우 좁은 건 행운이었다. 남자아이가 갑자기 공격을 하면 세 걸음 만에 문을 빠져나갈 수 있었다.

"나는 지붕에서 왔어."

"그건 나도 알 수 있어."

지붕창은 소피가 열어 두었던 것보다 활짝 열려 있었다. 그 바람에 스무 마리가 넘는 비둘기가 싼 똥도 함께 들어왔다.

"왜 문으로 들어오지 않았어?"

"너, 방문 안 잠갔어? 그건 위험해. 방문은 꼭 잠가야 해."

"사실은 잠갔어. 사람들이 들어오면 안 되니까."

남자아이는 어깨를 으쓱했다. 잘 보이지는 않지만 소피를 보고 웃고 있는 것 같았다. 물론 호의적인 웃음은 아니었다.

"지붕에는 어떻게 올라갔어? 지붕으로 가려면 내 방 지붕창을 통하는 길밖에 없을 텐데."

"지붕으로 올라가는 길이 하나라고 생각해? 브레몽? 정말 그렇게 생각해?"

"왜 웃어?"

"어떤 지붕이든 올라갈 수 있는 방법은 몇백 가지나 돼. 홈통을 타고 올라간 적도 있는걸."

"그러면 내가 소리를 들었을지도 모르겠네?"

"아마도."

"그리고 또 어떻게 했어?"

"뛰었지. 지붕에서 다음 지붕으로."

"뛰었다고?"

소피는 그다지 놀라지 않은 척했다.

"위험하지 않아?"

"아니. 잘 모르겠어. 아마도 대부분은 위험하지. 너 왜 얼굴이 굳었어?"

"그래? 이런."

소피는 태연한 척하기를 그만두었다.

남자아이가 소피를 쳐다보았다. 눈동자가 까맣고 매서웠다.

"어쨌든, 난 내 지붕에 가까이 오지 말라고 말하려고 왔어."

소피는 잠시 할 말을 잃었다. 소피는 남자아이가 돈을 원할지도 모른다고 생각했다. 아니면, 첼로를 훔치러 왔다고. 소피는 깜짝 놀라서 겁내는 걸 잊어버렸다.

"그건 네 지붕이 아냐. 어떻게 그럴 수 있어?"

"강과 기차역 사이에 있는 지붕은 다 내 거야. 나는 너한테 지붕에 올라가도 좋다고 허락하지 않았어."

"지붕은 누구에게도 속하지 않아. 공기나 물처럼. 누구의 땅도 아니라고."

"그렇지 않아. 내 거야."

"어떻게? 어떻게 지붕이 네 거야?"

"그냥 내 거야. 나는 지붕을 가장 잘 알아."

소피가 이해할 수 없다는 얼굴을 하자 남자아이가 노려보았다.

"나는 가을에 어느 굴뚝이 무너질지 알아. 어느 홈통에서 난 버섯을 먹을 수 있는지도 알고. 너는 지붕 홈통에서 자라는 버섯을 먹을 수 있다는 것도 알지 못할걸?"

소피는 지붕에 버섯이 난다는 것도 몰랐다. 그래서 아무 말도 하지 못했다.

"나는 이쪽 도시에 사는 새 한 마리, 한 마리의 둥지를 다 알아."

"그렇다고 지붕이 네 것이 될 순 없어."

"지붕은 다른 누구보다도 나한테 속해. 나는 지붕 위에 살거든."

"아니, 그럴 수 없어. 누구도 지붕 위에 살 수는 없어. 너는 그 안에 살겠지."

남자아이는 소피를 노려보며 벽을 쾅 내리쳐 검댕 손자국을 남겼다. 오른손 집게손가락 끝이 없었다.

"나는 널 다치게 하고 싶지 않아. 넌 지붕에 얼씬거리면 안 돼. 그렇지 않으면 내가……."

"어떻게 할 건데?"

"널 손봐 줄 거야."

남자아이가 딱딱해진 빵처럼 말했다.

"도대체 무슨 말을 하는 거야?"

"넌 조심스럽지 않을 거야. 너는 나를 드러나게 하고 말 거라고. 너한테는 거리가 있잖아. 거리로 다니란 말야."

달빛을 가렸던 구름이 걷히자, 방이 어스름한 달빛으로 채워졌다. 남자아이의 얼굴은 검게 그을리고 눈매가 날카로웠다.

"나는 지붕을 멀리할 수 없어. 나한테도 지붕이 필요해."

소피는 물러서지 않았다.

"왜?"

"나는……, 설명하기는 힘들어. 하지만 지붕은 뭔가 안전하게 느껴져."

소피는 말하면서 얼굴을 붉혔다.

"내 말은, 지붕이 중요하게 느껴진다는 말이야."

남자아이가 코웃음을 쳤다.

"그래서? 에딸로?"

"내가 전부터 여기에 있었던 것 같은 느낌이 들어. 그리고 지붕이 중요한 단서가 될 것 같아."

소피는 남자아이가 자기 말을 이해할 거라고 생각했다. 사람들은 보통 이렇게 말하면 상대방의 의견을 받아들이니까. 하지만 남자아이는 웃지 않고 소피를 노려볼 뿐이었다.

"농. 지붕이 단서라는 건 말이 안 돼. 너는 나를, 나의 비밀을 탄로나게 하고 말 거야. 너는 보나마나 느릴 테고, 사람들한테 들키고 말 거야."

"난 느리지 않아!"

남자아이는 소피의 손과 발을 보았다.

"너는 피를 너무 쉽게 흘려. 살갗이 너무 부드러워."

"아냐, 봐!"

소피는 왼 손바닥을 내밀었다. 첼로 줄 때문에 손가락 끝마다 굳은살이 박여 있었다.

"네 눈에는 이게 부드러워 보여?"

"응. 그래 보여."

소피는 화가 나서 소리를 지를 뻔했다.

"게다가 너는 시끄러울 거야."

"네가 어떻게 알아? 너는 날 모르잖아."

남의 방에 맘대로 들어와서는 잘 알지도 못하면서 시끄러우니 어쩌니 모욕하는 것은 아무래도 예의가 없었다.

"거리의 사람들은 모두 시끄러워. 넌 어쩌면 지붕에서 떨어질 거야. 그러면 사람들이 조사하러 올 테고, 우리를 발견하겠지. 아니, 나를 발견하겠지. 그러니까 너는 다시는 지붕에 올라오면 안 돼."

"너는 나를 막을 수 없어."

남자아이는 한숨을 내쉬었다. 그러고는 성질을 누르듯이 말했다.

"좋아. 그럼 네 지붕창 위의 지붕에만 머물러. 가장자리 가까이는 가지 말고 몸을 낮춰. 해가 뜬 뒤에는 지붕 위에 있지 마. 안 그러면 사람들이 널 볼 거야. 시끄러운 소리도 내지 마. 내 말을 안 들으면 네가 자는 동안 머리카락을 태워 버릴 거야."

"그럴 수 없어! 절대 그럴 수 없어! 나는 이 도시를 둘러봐야 해. 뭔가를 알아내야 한다고. 내가⋯⋯."

소피는 머뭇거리다가 말했다.

"너랑 함께 지붕 위를 다니면 안 될까?"

남자아이는 얼음처럼 차가운 눈빛으로 소피를 바라보았다. 하지만 두 눈동자는 뜨겁게 불타올랐다.

"그래? 그럼 날 따라잡아 봐."

6초 안에 사라질 수 있다는 말은 거짓말이 아니었다. 남자아이는 소피가 5초를 세기도 전에 몸을 비틀어 지붕창 밖으로 도망쳤다. 마치 용수철이 달린 사람 같았다. 소피는 피를 조금 흘린 채로 남자아이를 뒤따랐다. 소피는 다리가 길고 빨랐지만 슬레이트 지붕 위로 기어올라 왔을 때, 남자아이는 이미 네 번째 지붕에 가 있었다. 구름이 가로지르는 달빛 아래에서 남자아이의 그림자는 경쾌하면서도 특이했다.

소피는 계속해서 그림자를 뒤따랐다. 밤공기는 눅눅하고 슬레이트 지붕은 생각지 않은 곳에서 미끄러웠다. 소피는 한껏 용기를 내어 지붕을 가로질러 달렸다. 다음 지붕도, 그다음 지붕도.

지붕 위 달리기는 땅에서 달리는 것과 달랐다. 소피는 머리를 낮추고 등을 반쯤 구부렸다. 난간과 굴뚝 너머로 불쑥 나타나는 지붕은 당황스러웠다. 소피는 팔과 손가락이 평소보다 길고 거추장스럽게 느껴졌다.

마침내 소피가 헐떡거리며 멈춰 섰다. 바람이 더 세게 불자 굴뚝을 움켜잡았다. 지붕 아래에 있는 시계가 4시를 치기 시작했고 파리는 서서히 깨어나고 있었다. 마치 몇백 가지의 비밀이 웅성거리는 소리 같았다.

남자아이는 어디에도 없었다. 감쪽같이 사라졌다.

훈련

다음 날, 소피는 훈련을 시작했다.

윗몸 일으키기를 하고, 문틀을 잡고 턱걸이를 했다. 눈을 감고 한 발로 서서 균형 잡는 연습을 하고 또 했다. 첫 번째 기록은 7초였다. 백 번째는 1분 42초였다. 소피는 맨발로 지붕을 앞뒤로 달렸다. 발바닥의 아픔을 잊기 위해 낮은 목소리로 노래를 불렀다.

새벽 1시쯤, 소피는 남자아이의 달리기를 달라 보이게 하는 게 뭔지를 깨달았다. 발뒤꿈치보다 앞 발끝을 먼저 디뎌 무릎 가까운 쪽으로 무게 중심을 옮기기 때문이었다. 비밀을 알고 나자, 소피는 뜨거운 물을 뒤집어쓴 듯 짜릿했다. 마치 어려운 수학 문제를 풀었을 때처럼.

새벽 2시에, 남자아이가 나타났다. 두 번째 지붕 굴뚝 뒤에 웅크리고 있었다. 소피는 남자아이를 보았지만, 그 애는 자기가 들킨 걸 알아차리지 못하는 것 같았다.

소피가 외쳤다.

"난 너를 볼 수 있어! 나는 그만두지 않을 거야!"

그러고는 옆으로 재주를 넘었다. 파리의 지붕 위에서 펼치는 가장 큰 도전이었다. 소피는 계속해서 빙글빙글 돌았다.

지붕 위에 부는 바람은 매우 강했다. 굴뚝의 재가 눈으로 날아들었다. 소피는 작은 나뭇가지로 머리카락을 묶었다. 지붕 위의 어둠은 더욱 짙고, 깊고, 고요했다. 저 아래 거리에서는 어둠이 흐릿하고 무미건조하게 느껴지지만, 지붕 위에서는 보이지 않는 새들과 도시의 속삭임이 느껴졌다. 냄새도 달랐다. 거리에서는 몇 미터 주위의 냄새밖에 맡지 못하지만, 지붕 위에서는 파리의 모든 빵 가게와 애완동물 가게의 냄새가 뒤섞여 진하고, 특이하고, 달콤했다.

지붕에서는 달이 두 배로 크고, 세 배로 아름다웠다. 지붕에서 보는 달은 시간을 보낼 만한 가치가 있었다. 아무리 봐도 싫증 나지 않았다.

소피는 별들을 올려다보며 엄마를 상상했다. 엄마라는 존재는 지붕 같다는 생각이 들었다. 소피는 옆 지붕으로 건너뛰었다. 그리고 1미터 정도 떨어진 다음 지붕으로 건너뛰었다. 그리고 세 개의 지붕을 더 달렸다.

소피는 소리쳤다.

"마테오! 네가 듣고 있다는 걸 알아. 난 포기하지 않을 거야! 탐험을 계속할 거라고!"

그리고 조금 머뭇거리다가 어둠을 향해 소리쳤다.

"이봐, 친구들!"

어디에선가 말이 힝 하고 울었다. 마치 웃는 것 같았다.

호텔로 돌아오는 길에, 소피는 달렸다. 심장이 튀어나올 듯이 빠르게 뛰었다. 바람이 옷과 머리카락을 잡아당겼지만 소피는 흔들림이 없었다. 소피는 하늘을 날면 이런 기분일 거라고 생각했다.

절대 가능성을 무시하지 마라

소피는 마치 전쟁 준비를 하듯 경찰 국장과의 만남을 준비했다. 찬물로 세수로 하고, 침으로 눈썹을 매끈하게 다듬었다. 손목과 목에는 라벤더 향수를 문질렀다. 거울을 보면서 순진해 보이는 표정도 연습했다. 털양말에 묻은 기름과 새똥을 씻어 내고, 침으로 신발에 윤을 냈다.

찰스가 소피를 보고 말했다.

"교회 성가대에서 곧 독창을 하려는 아이 같구나."

"그래요?"

소피는 땋은 머리의 아랫부분을 묶어 모자 아래로 밀어 넣었다.

"그게 내가 원하던 바예요."

"주머니에 적어도 25파운드 정도는 가지고 있는 사람 같아. 전혀 다른 사람처럼 보인다는 말이야. 소피, 잘했다."

소피는 이제 자신이 새로운 눈으로 파리를 바라보고 있다는 것을 알았다. 찰스와 거리를 걸으며 머리를 뒤로 젖히고 지붕들을 평가했다. 저 지붕은 너무 가팔라. 저건 너무 낮아. 저건 엉성해 보이는 홈통만 아니면 완벽해.

경찰 본부가 눈에 들어왔을 때, 소피는 기어오르기에 좋은 건물이라고 생각했다. 지붕은 평평하고 홈통은 두꺼운 쇠로 되어 있었다. 하지만 건물 안으로 들어가자 소피는 떨기 시작했다. 건물 안에 있는 것보다 차라리 지붕 위에 올라가 있는 게 훨씬 나을 것 같았다.

경찰 국장의 방은 천장이 높고 으리으리한 가구가 많았다. 사람을 움츠러들도록 설계된 방이었다. 문밖에는 경비가 차려 자세로 서 있었다. 경찰 국장은 찰스와 소피를 맞이하기 위해 자리에서 일어서지도 않았다. 의자 두 개를 향해 손짓을 할 뿐이었다.

"봉주르. 안녕하십니까?"

국장의 영어는 프랑스 억양이 강하고 콧수염 소리가 났다.

"자리에 앉으시지요, 맥심 씨, 맥심 양."

소피는 서장이 뭐라고 했는지 미처 알아차리지 못하고 자리에 앉았다. 그리고 이내 깨달았다. 소피는 튕기듯이 일어났다.

"아저씨, 도망쳐요!"

소피가 소리쳤다.

하지만 찰스는 움직이지 않았다. 굳은 얼굴로 우산을 들고 꼿꼿이

서 있었다. 마치 군인 같았다. 소피는 벌써 문손잡이를 잡고 서 있었다.

국장이 재미있다는 듯 웃었다.

"'파리에 오신 것을 환영합니다.'라고 말씀드릴 수도 있습니다만, 진심이 아니겠지요?"

"우리를 체포할 계획이십니까?"

찰스가 표정을 풀지 않고 물었다.

"농. 당신에게 선택권을 주려고 합니다. 우선 앉으세요."

"뭘 선택하라는 거죠?"

찰스는 계속 서 있었다.

"앉으십시오. 당신은 좋은 의자를 낭비하고 있어요."

소피는 문 앞에 그대로 서 있었다. 찰스가 자리에 앉으며 물었다.

"당신이 생각하는 선택권은 무엇입니까?"

"아주 간단합니다. 만일 당신이 유치한 조사를 포기하지 않고 이 나라에 계속 머문다면 나는 당신을 감옥에 집어넣을 겁니다."

생각만 해도 기쁜지 국장의 콧구멍이 넓어졌다.

"좋아요. 놀랄 만큼 간단하군요. 그런데 왜 진작 그렇게 하지 않았는지 물어도 되겠습니까?"

"우린 서로가 소란스러워지기를 원치 않는다고 생각하는데요. 아닌가요?"

"아뇨. 우리는 야단법석을 떨어서라도 여자를 찾아야 해요."

소피가 간절하게 소리쳤다.

"애야."

국장은 소피에게로 몸을 돌렸다. 방에 있는 고급스러운 모든 물건들이 국장 뒤에서 짐짝처럼 보였다.

"잘 들으렴. 퀸메리호는 난파선이야. 살아남은 여자는 아무도 없어. 승객 명단, 주소, 직원 급여, 보험 서류 같은 모든 것들이 배와 함께 사라졌어. 나는 조사를 벌이고 싶지 않아. 너도 고아원에 가고 싶지 않을 테지? 그 점에서 우리는 똑같아. 그렇지 않니?"

"나는 당신이 싫어요. 당신이 싫다고요."

소피는 들리지 않게 중얼거렸다.

"영국으로 돌아갈 배를 예약할 시간을 하루 주겠소. 디에프 항이 좋을 것 같군요. 이맘때면 경치가 아주 좋지요."

찰스는 고개 숙여 인사한 뒤 말했다.

"나의 어린 피보호자가 아직 당신에게 침을 뱉지 않았다니, 자제력이 놀라울 뿐이군요."

순간 소피는 찰스가 국장에게 침을 뱉을지 모른다고 생각했다. 찰스는 침을 뱉을 듯이 고개를 뒤로 젖혔다. 하지만 소피의 손을 잡고 묵묵히 밖으로 나왔다.

찰스와 소피는 경비의 시야에서 벗어날 때까지 100미터 길이의 복도를 말없이 걸었다. 그런데 갑자기 찰스가 낮은 소리로 욕을 하며 뛰기 시작했다. 소피는 겨우 걸음을 맞출 수 있었다. 소피의 모자가 벗겨져 바닥에 떨어졌지만 그냥 내버려 두었다. 둘은 깜짝 놀라는 문지기를 지나 햇빛 속으로 달려 나갔다.

"한순간도 더 거기에 있을 수 없었단다. 국장은 거짓말을 했어."

"맞아요! 콧구멍을 계속 벌름벌름했어요."

"너도 보았구나. 배가 지나가도 될 만큼 넓어졌지."

"하지만 난 이해하지 못하겠어요."

소피는 걸음을 멈추고 가로등 기둥에 기댔다.

"국장이 그 배와 무슨 상관이 있을까요?"

"아마 배와 관련이 있는 것은 아닐 거야. 다만, 배의 보고서를 숨기려고 하는 거지."

"왜요? 왜 그런 짓을 하려는 건데요?"

"10년 전에 유럽에 부도덕하고 충격적이 사건이 있었단다. 계속해서 배들이 침몰했지. 그건 보험 사기였어. 낡고 오래된 배가 안전하다고 인증을 받고, 얼마 안 가 가라앉고, 보험 회사는 엄청난 보험금을 청구받았지. 생존자들은 앞뒤가 맞지 않는 얘기들을 들었단다. 진실은 흐릿해지고 얼룩진 채로 가려졌어. 그리고 배가 안전하다고 누가 진단했는지 아무도 알 수 없도록 기록들이 불태워지고 감춰졌어. 누군가 체포될 때까지 여덟 번의 침몰 사고가 있었단다."

"사람들이 죽었어요?"

"몇백 명이 죽었지. 사람들이 죽지 않았다면 더욱 의심을 받았을 거야."

"역겨워요! 사람이 어떻게 그럴 수 있어요!"

"그래, 소피. 돈은 사람을 비인간적으로 만들 수 있단다. 그러니 돈을 너무 밝히는 사람은 멀리하는 것이 좋아. 그런 사람은 부정하고 얄팍한 뇌를 지녔거든."

"퀸메리호가 그 배들 중 하나라면 기록들이 다 불타 버렸을 거란 뜻인가요?"

소피는 찰스에게 물으면서 생각했다. 어쩌면 없애 버리지 않았을 수도 있어. 그래서는 안 돼. 소피는 그 기록들이 꼭 필요했다.

"아마도 보관하고 있을 거야. 그 일에 한 사람 이상이 관련되어 있다면 태워 버리는 것은 현명하지 못하거든."

"왜요? 나라면 태워 버렸을 거예요."

"어떤 사람이 체포된다면 그 일을 혼자 저지르지 않았다는 증거를 갖고 있어야 하거든. 범죄자들은 책 속에서나 서로에게 의리를 지키지."

찰스는 안경을 닦으며 이어서 얘기했다. 안경을 벗은 찰스의 눈은 단호했다.

"일이 그렇게 된 거라고 단정 지을 수는 없겠지만 충분히 가능한 일이야."

"그리고 절대 가능성을 무시하지 마라."

소피가 찰스의 말투를 흉내 냈다.

"바로 그거야. 소피, 전적으로 동의한다."

찰스는 희미하게 웃었다.

"비밀 서류들을 어디에 보관했을까요?"

"집, 사무실, 마룻장 어디에든 둘 수 있지. 경찰 본부 꼭대기 층에 기록물 보관소가 있는데, 그곳에는 백 개의 캐비닛에 4백만 장의 서류가 보관되어 있다고 하더구나."

"누가 얘기해 줬어요?"

"접수처에 있는 직원이 알려 줬어. 그 여자는 꼭 승진시켜 줘야 해. 접수처에 있기엔 아까운 사람이야."

찰스와 소피는 미국인 관광객들의 낄낄거리는 웃음소리를 피해 길을 건넜다.

"아저씨."

"응?"

"아무것도 아니에요."

찰스와 소피는 나란히 걸었다.

"아저씨."

"듣고 있어."

"서류를 감추기에 가장 좋은 방법은 다른 서류들과 함께 두는 거 아닐까요?"

"그럴 가능성이 아주 높지."

"그러면……."

"그래, 네가 뭘 말하려는지 알겠다."

"기록물 보관소는 꼭대기 층에 있다고 했죠?"

"소피."

"그렇게 말했잖아요. 그렇죠?"

소피는 갑자기 떠오른 생각에 흥분이 되었다.

"만약에요……."

"안 돼, 소피."

"하지만……."

"안 돼. 나는 네가 체포되도록 두고 볼 수 없다. 너는 건물 근처에도 가서는 안 돼. 그런 생각은 꿈도 꾸지 마."

"하지만 이대로 영국으로 돌아가지는 않을 거죠? 그렇죠? 난 안 갈 거예요. 아니, 갈 수 없어요. 이토록 가까이 왔는데."

"물론 아니지. 하지만 소피, 너는 호텔 안에만 머물러야 해."

"하지만 나 없이 아저씨 혼자서 알아낼 수는 없어요."

"할 수 있어. 너 없이 내가 할 수 있다는 걸 믿어야 해."

"그럼 내가 어떻게 하면 아저씨를 도울 수 있어요? 돕게 해 줘요."

"나는 변호사를 구할 거야, 소피."

"어떤 변호사요?"

"우리 형편에 맞는 최고의 변호사를 구해야지. 아주 훌륭하지 않을까 봐 걱정이다만. 그리고 이곳저곳 다니면서 중요한 정보들을 수소문해야지."

"엄마에 대해서요? 비비안 베르에 대해서요?"

"모든 첼로 연주자들에 대해서."

"아."

소피는 변호사들이 믿음직스럽지 않았지만 찰스의 두 눈이 무척 상냥해서 차마 그렇게 말할 수가 없었다.

"아저씨, 만약 내가 그냥 기록물 보관소에 갈 수 있다면요······."

"안 돼. 모든 층에는 코뿔소 같은 경비가 있단다. 너도 경찰 국장실 앞에서 보았잖니?"

찰스는 눈부신 듯 태양을 바라보며 말했다.

"소피, 너는 호텔 투숙객들 눈에도 절대 띄어서는 안 돼. 함부로 방문도 열지 마."

"알았어요."

소피는 자신이 지금 거짓말하는 게 아니라고 스스로에게 변명했다. 방문은 열지 않을 거야.

찰스는 소피를 다정하게 바라보았다. 소피도 천진난만한 눈으로 마주 보았다.

"미안하구나. 답답할 거란 거 안다. 좋은 책을 몇 권 가져다주마."

소피는 아무 말도 하지 않았다. 하지만 속으로 생각했다. 절대 가능성을 무시하지 마라.

소피의 가슴속에서 작은 불빛 하나가 깜박거렸다.

포레의 레퀴엠

그날 저녁, 소피는 해가 지자마자 찰스에게 저녁 인사를 하고 지붕으로 올라갔다. 굴뚝에 기대앉아 완전히 어두워지기를 기다렸다. 기다리는 동안 무릎에 턱을 괴고 자신이 선택할 수 있는 일들을 모으기 시작했다.

소피는 자신의 선택 사항에 포기는 없다는 것을 알고 스스로 놀랐다. 자신은 그다지 용감한 아이가 아니었다. 바다와 커다란 까마귀와 바퀴벌레를 무서워했다. 그리고 경찰한테 붙잡혀서 영국으로 보내지는 것을 상상하면 몸이 아플 정도로 두려웠다. 하지만 포기한다는 것은 하늘을 나는 것만큼이나 불가능한 일 같았다. 이곳 파리에서 엄마는 더 이상 상상이 아닌 현실로 다가왔다. 소피는 엄마 냄새를 맡을 수 있었다. 엄마한테서 장미와 송진 냄새가 난다고 소피는 확신했다. 이제 엄마를 만날 시간이 머지않았음을 알았다.

소피는 자리에서 일어섰다. 자신에게 어떤 계획이 있지는 않았다. 하지만 망설임 없이 움직였다. 소피는 신발을 벗어서 입에 물었다. 그리고 그 남자아이, 마테오가 있던 북쪽을 향해 출발했다.

20분 뒤, 소피는 신발 한 짝에서 끈을 빼내 굴뚝에 둘러 묶었다. 자신이 지붕 위를 겁내지 않는다는 걸 마테오에게 알리고 싶었다. 새로운 지붕에 이를 때마다 소피는 굴뚝에 뭔가를 묶었다. 먼저 다른 쪽 신발 끈, 양말, 머리 끈, 손수건을 묶었다. 여덟 번째 지붕에서는 실내복을 벗어 굴뚝에 둘렀다. 오래 입어서 색이 바랜 자신의 옷과 헤어지는 게 그다지 아쉽지는 않았다.

아홉 번째 지붕에서 소피가 멈춰 섰다. 다음 지붕과의 사이에 다리미판 길이만큼의 간격이 있었다. 소피는 한 발로 섰다. 멀지 않아. 소피는 자신을 다독였다. 틀림없이 해낼 수 있을 거야. 하지만 소피의 발은 좀처럼 움직이려 들지 않았다.

소피는 잠옷을 벗어 건너편 지붕 위로 던졌다. 굴뚝 위로 곧장 떨어질 거라고 생각했지만 잠옷은 지붕 가장자리에 내려앉았다. 어둠에게 인사하듯 소맷자락이 바람에 펄럭였다.

소피는 다시 용기를 내어 뒤돌아서 달렸다. 입에 신발을 물고 속바지만 입은 채 균형을 잡기 위해 팔을 밖으로 뻗고 달렸다. 슬레이트 지붕을 따라서, 도시를 따라서, 꿈꾸고 있는 프랑스 사람들의 머리를 넘어서 침대로 돌아왔다.

다음 날, 시계가 자정을 알리는 종을 치는 틈에 마테오가 소피의 잠옷과 양말을 가지고 나타났다. 소피는 마테오가 코앞 한 뼘 거리에 올 때까지 잠에서 깨지 않았다.

"어머, 놀랐잖아."

마테오는 침대에 소피의 잠옷을 던졌다.

"실내복은 내가 챙겼어. 그게 좀 필요했거든. 이제 너에 대해 설명을 좀 들어야겠어."

마테오가 침대 가장자리에 걸터앉았다.

"아무한테도 말하지 않겠다고 맹세할 수 있어?"

"아니."

이런 경우에는 아무도 "아니."라고 말하지 않는다. 소피는 마테오를 빤히 바라보았다.

"맹세하지 않는다고?"

"나는 아무것도 맹세하지 않아. 어쨌든 말해 봐."

소피는 입술을 꼭 깨물었다. 하지만 마테오는 두려움이 없어 보였다. 두려움이 없는 사람은 고자질을 하지 않는다.

"만일 네가 나를 일러바치면 나는 끝까지 너를 뒤쫓을 거야. 기억해. 나는 지붕이 겁나지 않아."

소피는 마테오에게 모든 것을 얘기했다. 먼저 퀸메리호로 시작했다. 그리고 찰스와 엘리어트 양, 첼로 상자 속의 명판을 거쳐 이곳 굴뚝에 이르기까지의 긴 이야기를 모두 털어놓았다.

"이상하게도 내가 전에 이곳에 있었던 것처럼 느껴져."

소피는 이야기를 마쳤다.

"파리에?"

"파리 그리고 이 지붕에. 지금은 상황이 매우 안 좋아. 아저씨가 애쓰고 있지만 혼자 힘으로 해내기는 힘들어. 하지만 날 도와줄 사람이 아무도 없어."

"그거, 부탁이야?"

소피는 마테오를 바라보았다. 겉에 입은 빨간 바지는 한쪽 다리 부분이 없어서 안에 입은 파란 바지가 비어져 나왔다. 두 벌이 합쳐진 한 벌의 반바지였다. 스웨터는 낡아서 여기저기 올이 풀렸다. 하지만 마테오의 얼굴은 날카롭고 영리해 보였다.

"그래."

"계획이 있어?"

"물론. 나는 포스터를 만들 거야. 그리고 아저씨가 변호사를 알아보고 있어."

마테오가 코웃음을 쳤다.

"사람들은 널 도와주지 않을 거야."

"왜 그렇게 말해?"

"글쎄, 어쩌면 도와줄 사람을 구할지도 모르지. 하지만 어떤 변호사도 경찰 국장과 맞붙으려고 하지 않을 거야. 파리에 있는 모든 변호사들은 부패했어. 경찰들도."

"네가 그걸 어떻게 알아?"

소피는 갑자기 울고 싶어졌다.

"나는 하루 종일 사람들의 얘기를 들어. 나는 법원 지붕 꼭대기에 살거든."

"하지만 지붕에서는 아무것도 들리지 않잖아."

"지붕은 바람 굴 같아. 나는 도시의 소리를 들을 수 있어. 파리의 음악 소리, 말들의 울음소리, 그리고 나쁜 짓을 하는 소리까지 모두 들을 수 있어."

소피는 순간 얼어붙었다.

"음악을 들을 수 있다고?"

"응. 물론이지."

"어떤 음악을 들었어?"

"모든 종류의 음악들. 여자들의 노랫소리, 남자들의 기타 소리, 군악대의 연주 소리도."

"첼로 음악도 들었어? 포레의 레퀴엠도 들었어?"

"나는 레퀴엠을 모르는데. 그게 뭔데? 마치 냄새 나는 피부병 이름 같아."

"내가 연주해 줄 수 있어."

소피는 벌떡 일어나 첼로를 들었다. 하지만 잠시 망설였다.

"지금 내가 연주하면 사람들이 듣고 올라올 거야. 그러면 너를 발견할지도 몰라."

"밖으로 나가자. 내가 먼저 나갈 테니까 위로 그걸 건네 줘. 그거 첼로, 맞지?"

소피는 마테오를 따라 올라가 굴뚝 위에 앉았다. 다리 사이에 첼로를 놓았다. 소피는 레퀴엠을 알지만 두 배 빠르기로 연주한 적은 없었다.

"완벽하진 않을 거야. 하지만 비슷할 거라고 생각해. 잘 들어 봐. 그리고 네가 들어 본 적이 있는지 얘기해 줘."

소피는 더듬거리며 손가락을 움직였다. 서툴지만 적어도 무슈 에스테울의 연주만큼은 들린다고 생각했다. 소피가 연주를 끝내자 마테오가 어깨를 으쓱했다.

"가능성이……."

"가능성이 어떻다고?"

"들어 본 것도 같다고."

소피는 마음속으로 속삭였다. 절대 가능성을 무시하지 마라.

"나는 음악을 잘 몰라. 새들이 노래하는 거라면 몰라도. 네가 직접 들어 보는 게 나을 거야."

"내가 그래도 돼? 진짜? 언제?"

마테오가 어이없다는 듯 웃었다.

"언제든 네가 좋을 때. 나는 그다지 바쁘지 않으니까."

"내일?"

"다꼬르."

136

"나는 프랑스 어를 몰라."

하지만 마테오의 얼굴이 "좋아."라고 말하는 것 같았다.

"내가 널 데리러 올게."

"자정에?"

소피가 물었다. 때마침 비가 내리기 시작했다. 하지만 마테오는 상관하지 않았다.

"농. 자정은 충분히 어둡지 않아. 새벽 2시 30분에 올게. 잠들지 마. 그리고 따뜻하게 입어. 높은 곳에는 바람이 많이 불거든."

"알았어!"

빗줄기가 점점 거세졌다.

"잠깐만. 비는 나무에 좋지 않아."

소피는 지붕창을 통해 첼로를 방에 갖다 두었다. 지붕으로 돌아왔을 때, 마테오는 사라지고 없었다.

소피는 다시 방으로 돌아와 지붕창을 닫았다. 그리고 따뜻한 침대 속으로 들어가 몸을 오그렸다. 하지만 새벽이 올 때까지 잠들지 못했다. 소피는 지붕창을 두드리는 빗소리를 들었다. 심장이 두 배 속도로 빠르게 두근거렸다.

더 높이, 더 멀리

찰스가 시키는 대로 하루 종일 방에 갇혀 있었다면 미쳐 버렸을 거라고 소피는 생각했다. 하지만 소피는 어떤 약속도 깨지 않았다고 스스로를 안심시켰다. 소피는 방문을 열지 않았다. 하루 종일 지붕 생각을 하며 해가 질 때까지 몇 시간이 남았는지 계산했다.

해 질 녘이 되자, 날씨가 추워졌다. 소피는 영국을 떠날 때 제대로 된 따뜻한 옷을 챙겨 오지 않았다. 그래서 베갯잇 두 장을 서로 묶어 스카프를 만들었다. 편안하지는 않았지만 없는 것보다는 훨씬 나았다. 양말도 두 켤레 껴 신었다. 모든 준비를 마친 뒤, 소피는 침대에 누웠다. 잠들지 않으려고 목 뒤에 머리빗을 밀어 넣고 조용히 기다렸다.

마테오는 시계가 정확히 30분을 쳤을 때 지붕창을 똑똑 두드렸다. 그리고 소피가 밖으로 나올 때까지 방 안으로 자갈을 튕기면서 참

을성 없이 서 있었다.

"안녕. 봉수아."

소피가 서툰 프랑스 어로 인사했다.

"봉수아."

마테오는 등에 배낭을 메고 긴바지를 입었다. 마치 패잔병 같아 보였다.

"프랑스 어 공부해?"

"조금. 그런데 쉽지 않아."

소피는 얼굴을 붉혔다.

"아냐, 쉬워. 나는 프랑스 어로 말하는 개들을 알아. 비둘기들도 알아."

"그건 달라."

"어떻게? 어떻게 다른데?"

"글쎄, 난 비둘기가 아냐. 넌 영어를 배우는 데 얼마나 걸렸어?"

"나는 늘 영어를 알았어. 영국 외교관들이 가는 술집이 있는데, 지붕에서 그들이 말하는 소리를 들을 수 있어. 그리고 읽는 것은 내가 거기 있을……."

마테오가 갑자기 말을 멈췄다.

"네가 어디 있을 때?"

"고아원에."

마테오는 귓속에서 물을 털어 내듯 머리를 흔들었다. 그리고 주제를 바꾸었다.

"잘 들어. 내가 사는 곳은 파리에서 가장 높은 건물 중 하나야. 너, 높은 곳을 무서워해?"

"아니, 그런 것 같지 않아. 지금도 높은 곳에 있잖아."

"이건 높은 것도 아냐! 여기는 평지나 마찬가지야. 내 말은, 네가 진짜 높은 곳을 견딜 수 있느냐고."

"괜찮을 거야."

소피는 눈을 내리깔고 슬레이트 지붕을 바라보았다.

"아니, 꽤 괜찮다고 생각해."

"미안하지만, 안 되겠다. 꽤 괜찮은 정도로는 부족해."

마테오가 가려고 몸을 돌렸다.

"잠깐만! 내가 겸손하게 얘기한 거야. 아주 잘 견딜 수 있어. 나는 높은 곳에 매우 강하다고."

마테오는 분명히 겸손함을 이해하는 방법을 몰랐다.

"난 아주 강해."

소피는 다시 한 번 힘주어 말했다.

"마음이랑 다른 말을 하면 안 돼. 그럼 준비됐지?"

"응."

아무래도 이야깃거리를 바꾸는 게 좋을 것 같았다.

"마테오, 법원은 어디쯤에 있어? 이 근처야?"

"응. 하지만 이 거리는 아냐. 이 거리는 너무 가난해."

"그래?"

소피에게는 키 큰 가로등과 좁은 길들이 나 있는 호텔 근처의 거리가 우아해 보였다.

"그런데 그게 왜 중요해? 나는 네가 그렇게 잘난 체하는 사람인 줄은 몰랐어."

소피는 마테오의 해진 옷과 앞머리에 덕지덕지 달라붙은 진흙을 쳐다보았다.

"여러 가지 이유가 있어."

마테오는 거만한 목소리로 말했다.

"어떤 이유?"

"가난한 거리의 건물들은 지붕이 대체로 뾰족해. 반대로 고급스런 건물들은 평평하지. 뾰족한 지붕들은 예측할 수가 없어. 발을 슬레이트에 올려놓아야 할지 말지 확신할 수 없다고. 그리고 가난한 거리의 건물들은 너무 낮아."

"정말?"

"대체로 그런 편이야. 사람이랑 비슷해. 부자 건물들은 키가 크고, 가난한 건물들은 키가 작지."

"그게 왜 문제가 돼?"

"왜라고 생각해?"

소피는 지붕들을 가만히 바라보았다.

"낮은 건물 위에 있으면 사람들한테 들킬 수 있기 때문에?"

"맞아. 건물이 낮지 않으면 나는 거의 모든 곳에 갈 수 있어. 물론 낮 동안에는 절대 아니고."

"공원에도 가?"

소피는 생각했다. 내가 꼭 가고 싶은 곳이야.

"당연히 안 가지."

"왜 안 가는데? 혼자서 공원을 독차지하면 멋질 거야. 거기에는 아마 음식도 있을 거야."

"나는 절대 땅에 내려가지 않아. 몇 년 동안 내려가지 않았어. 지붕에서는 절대 잡히지 않으니까."

소피는 눈을 깜박거렸다.

"절대?"

있을 수 없는 얘기 같았다.

"그러면 길을 건너야 할 때는 어떻게 해? 지붕들 사이는 어떻게 건너?"

"나무들을 이용해. 아니면 가로등을 타고."

"정말 한 번도 길을 건너지 않았다고?"

"그래."

"왜?"

"위험하니까."

마테오의 목소리는 갈수록 퉁명스러워졌다. 하지만 소피는 호기심을 멈출 수 없었다.

"대부분의 사람들은 그 반대라고 말할 거야."

"대부분의 사람들은 바보야. 땅에서는 잡히기 쉬워. 모두 잡혀."

"잡혀?"

소피는 어둠 속에서 마테오의 표정을 읽으려고 했다. 마테오가 장난을 치는 것 같지는 않았다.

"누군가 널 잡으려고 해?"

마테오는 못 들은 체했다.

"너는 지금 내가 사는 곳을 보고 싶다는 거야, 아니야?"

"보고 싶어! 지금 갈까?"

마테오는 소피가 따라오는지 뒤돌아보지도 않고 출발했다.

마테오는 가만히 서 있을 때는 볼품이 없었다. 하지만 움직이기 시작하자 매우 놀라웠다. 마치 고무로 만든 인간 같았다. 낮게 달리면서 손을 발처럼 사용했다. 마테오는 10분 동안 쉬지 않고 달렸다. 소피는 비스듬한 지붕 꼭대기에서는 균형을 잡으면서, 평평한 지붕에서는 전력 질주하면서, 지붕들 사이의 작은 공간들을 뛰어넘으면서 마테오를 놓칠세라 힘껏 달렸다. 무릎이 여기저기 까지면서도.

높은 건물에 다다르자, 마테오는 건너편 지붕으로 건너가기 위해 어떻게 홈통을 기어오르는지 소피에게 직접 보여 주었다.

"홈통을 오를 때 중요한 것은 몸을 펼 때, 발을 창틀에 놓으면 안 된다는 거야. 사람들이 눈치챌 수가 있어."

홈통에 거꾸로 매달린 채, 마테오가 말했다.

소피는 말없이 홈통과 사투를 벌였다. 소피의 손톱은 무시무시하게 금속을 긁어 댔다. 하지만 나무를 오를 때와 많이 다르지는 않았다. 소피가 마테오 옆 슬레이트에 쿵 내려앉자, 마테오가 보일 듯 말 듯 미소를 지으며 고개를 끄덕였다.

"나쁘지 않았어. 다음번에는 무릎을 안쪽으로 해. 그게 움켜잡기에 쉬울 거야. 그래도 괜찮은 편이야."

소피의 얼굴이 붉어졌다. 마테오는 다시 달렸다. 마테오와 소피의 발아래 파리가 잠들어 있었다.

둘은 깃발이 펄럭이는 어마어마하게 웅장한 건물들이 가득한 거리에 다다랐다. 지붕이 넓고 커질수록 마테오는 빨라졌다. 그런데 성당 지붕에서 소피가 발을 헛디뎌 비틀거렸다. 소피는 균형을 잡기 위해 십자가를 붙들고 뒤집어진 속과 숨을 골랐다. 바람이 세찼다. 그때, 길 건너 가로등 꼭대기에서 여자아이 그림자가 흔들렸다.

소피는 분명히 보았다. 하지만 소피가 얼굴에 엉겨 붙은 머리카락을 걷어 냈을 때, 그림자는 어느새 사라져 버렸다.

다시 마테오를 따라잡기까지 몇 분이 걸렸다.

"마테오! 그 여자애 봤어? 그 애 누구야?"

"난 아무것도 못 봤어. 종이봉투나 뭐, 그런 거겠지."

"그건 종이봉투보다 컸어. 분명히 여자애였다고!"

"아마 망가진 연일 거야. 베갯잇이든가. 어서 와."

마테오는 뚝뚝 손가락 마디를 꺾고는 계속 달렸다.

10분 정도 더 달리고 나자, 마테오가 높고 둥근 지붕 맞은편에서 멈췄다. 지붕은 달빛을 받아 희미한 초록색을 띠며 빛났다.

"거기 가만있어."

마테오가 먼저 뛰어넘더니 몸을 구부리고 지붕을 가볍게 두드렸다. 소리가 울려 퍼졌다.

"구리 지붕이야. 신발을 벗고 최대한 살살 뛰어."

소피는 신발을 벗었다.

"신발은 어떻게 해?"

"나한테 신발을 던져. 아, 나는 구리가 싫어."

고맙게도 찰스가 신발 던지기를 가르쳐 준 적이 있었다. 소피는 신발을 벗어 던지며 물었다.

"어떤 종류의 지붕이 가장 안 좋아? 구리?"

"놋, 돌로 된 타일. 그건 구리보다 조용하지만 너무 쉽게……, 그 낱말이 뭐지? 넘어진다?"

"벗겨진다?"

소피는 숨을 가다듬고 넘어야 할 간격을 바라보았다. 소피의 팔보다 넓지 않았다. 그렇지만 몸이 떨렸다. 소피는 숨을 들이쉬며 훌쩍 뛰어넘었다. 엉망으로 내려앉았지만 곧장 벌떡 일어섰다.

"그래, 돌로 된 타일은 잘 벗겨져. 그냥 평평한 지붕이 최고야."

마테오는 소피에게 신발을 돌려주었다.

"커다란 평판으로 된 지붕은 뭐든 괜찮아. 돌이든 슬레이트든 금

속이든."

"보스트 호텔 지붕처럼?"

"응. 그리고 국가 기관들, 병원, 감옥, 극장도 좋아. 대성당도. 하지만 4층 이하의 건물은 어떤 지붕이든 너무 낮아서 잘 수가 없어. 어쩌다 가장자리로 굴러가면 거리의 사람들이 볼 수 있거든. 기다려. 아직 신발을 신지 마. 우선 허리에 둘러매."

"알았어. 그런데 왜?"

소피는 신발이 엉덩이 양쪽에 한 짝씩 매달리도록 조심스럽게 허리에 감았다.

"여기서부터는 발가락이 필요할 거야."

"하지만 어떻게……."

마테오는 화난 교장 선생님 같은 얼굴로 말했다.

"너는 발가락이 오직 더러움을 묻히는 데만 쓰인다고 생각하지? 그건 바보 같은 생각이야."

"그렇진 않아. 하지만……."

"발가락은 삶과 죽음을 결정해. 균형을 잡기 위해서는 발가락이 필요해. 나는 모든 발가락이 두 번 이상씩 부러졌어. 봐."

마테오가 발을 들어 올렸다. 발이 새까맸다. 발바닥은 온통 굳은 살투성이였다. 마테오가 발바닥을 두드렸다.

"들려? 깡통 소리 같지. 너는 내 발바닥으로 음악을 연주할 수도 있을 거야."

"겨울에 발이 시리지 않아?"

"시려."

소피는 마테오가 뭔가 더 말하길 기다렸지만, 더 이상 말이 없었다. 소피가 다시 물었다.

"네 지붕에 있을 때는 신발을 신어도 되지 않아? 네가 괜찮다면 내 신발을 줄 수 있어. 나한테 두 켤레가 있거든."

"농, 됐어."

"내 신발은 여성스럽지 않아."

소피는 허리에 매달려 있는 신발을 들어 올렸다.

"이것처럼 생겼어. 남자아이용 부츠. 찰스 아저씨가 선물로 준 거야. 네 발 크기는 얼마야?"

"이곳에서는 신발을 신을 수 없어. 언제 달려야 할지 알 수 없거든."

"그럼 눈이 올 때는 어떡해?"

"겨울에는 발목과 종아리를 거위 기름과 붕대, 깃털로 감싸. 그러면 신발을 신은 거나 마찬가지야. 발가락도 자유롭고."

"정말 효과가 좋아?"

"어느 정도는 쓸모가 있어."

"왜 하필 거위 기름이야?"

마테오는 어깨를 으쓱했다.

"기름은 몸을 따뜻하게 하고, 기름은 거위 기름이 최고니까. 하지만 어쩔 수 없이 비둘기를 이용할 때도 있어. 참새는 기름이 별로 많지 않아. 다람쥐는 너무 퍽퍽하고."

소피는 자기도 모르게 토할 것 같은 얼굴이 되었다. 마테오가 그걸 보고 얼굴을 찌푸렸다.

"그것들이 멋지다고 말하진 않았어. 하지만 도움은 돼. 준비됐으면 가자."

소피는 허리에 둘러맨 신발 끈이 단단히 묶였는지 살폈다.

"너는 이 모든 것을 어디에서 배웠어?"

"우연히 알게 됐지. 그리고 연습."

마테오는 스웨터를 걷어 올렸다. 자줏빛 흉터가 배꼽에서 갈비뼈까지 길게 나 있었다.

"이건 시행착오."

"어머나, 어쩌다 그랬어?"

"풍향계 위로 떨어졌어. 그리고 이건……,"

마테오가 아직 시퍼런 어깨의 멍을 보여 주었다.

"굴뚝 위로 떨어져서 생긴 거야."

"아파?"

"물론."

마테오는 아무렇지 않은 듯 덤덤히 얘기했다.

"우리는 보통 사람들보다 더 자주 피를 흘려. 그렇다고 세상이 끝나는 것도 아닌데, 뭐."

"저기, 마테오?"

"뭐?"

"네가 말하는 '우리'가 누구야?"

갑자기 마테오의 얼굴 표정이 확 달라졌다. 소피는 흠칫 놀라 뒤로 물러났다. 마테오가 무뚝뚝하게 잘라 말했다.

"'우리'가 아니라 '나'라고 말했어."

마테오는 다시 출발했다. 지붕 사이의 간격이 넓은 곳에 다다랐을 때, 이번에는 소피를 기다리거나 돌아보지 않고 그냥 건너뛰었다. 소피는 간격이 넓은 곳이 나올 때마다 용기를 내기 위해 멈춰야만 했다. 땅 위에서라면 아무것도 아닌 거리이지만 지붕 위에서 소피는 자신이 가진 모든 용기를 끌어 올려야 했다.

얼마 뒤, 소피는 지붕을 뒤로 하고 달렸다.

"조금만 천천히 가면 안 될까? 조금만?"

"농."

마테오는 눈을 가린 머리카락을 쓸어 넘기며 소피를 쏘아보았다. 그리고 속도를 더 냈다. 반시간이 지나서야 마테오는 속도를 늦추었다. 아까보다는 기분이 좀 풀린 듯했다.

"여기가 마지막이야. 다음 건물이거든."

이제 소피는 자신이 제법 노련해진 것처럼 느껴졌다.

"뛸까?"

소피는 머리카락을 뒤로 넘겼다. 그리고 몸을 웅크렸다.

"농! 소피, 멈춰!"

"왜 그래?"

"그 지붕 위로는 뛸 수 없어. 너희 말로 그 낱말이 뭐더라……. 바스……."

"무슨 뜻이야?"

"난간이 너무 오래돼서 뛸 수가 없다고. 타일이 부서져."

"뭐? 타일이 바스러진다고?"

소피는 간격을 뚫어지게 쳐다보았다. 그리 넓지는 않았다. 하지만 땅까지 아주 깊었다.

"지붕 멋지지? 그래서 내가 여기에 사는 거야. 누구든 함부로 뛰어넘어 올 수 없거든. 멋모르고 쫓아오다가 타일이 바스러져서 떨어지면 죽을지도 몰라."

"너는 불안하지 않아?"

어두워서 잘 보이지 않았지만, 소피는 마테오가 피식 웃는다고 생각했다.

"나는 그런 거에 그다지 신경 쓰지 않아."

소피는 참았던 숨을 들이마셨다. 놀랍게도 시원한 공기가 용기를 주었다.

"너는 어떻게 건너가?"

소피가 물었다.

"쉬워. 그냥 걸음을 내디뎌."

아무것도 없는 빈 공간을 가로질러 천천히 걷는 것은 뛰어넘는 것과는 또 달랐다. 소피는 어떤 느낌일지 상상해 보았다.

"못하겠어. 그냥 뛰어야 할 것 같아. 걸어서 건너기엔 너무 멀어."

목젖까지 두려움이 차올랐다. 녹물 맛이 났다.

"농. 네 다리는 네가 생각하는 것보다 멀리 늘어나."

"할 수 없을 것 같아."

"너는 높은 곳에 강하다며."

"난 최선을 다했어. 피투성이에 검댕 더버기가 되면서도 한 번도 멈추지 않았다고."

소피는 울컥했다.

"그래서? 끝까지 가지 않으면 아무 소용없어."

마테오는 소피의 어깨에 손을 올렸다. 소피는 화들짝 놀라 뒤로 물러났다.

"멋대로 밀려고 하지 마!"

마테오는 도무지 예측할 수 없었다. 소피는 지붕과 예측할 수 없는 사람은 위험한 조합이라는 생각이 들었다.

"밀려고 한 거 아냐. 그리고 소리 좀 낮춰."

마테오가 화난 말투로 말했다.

"미안해."

소피는 다시 가장자리 너머를 바라보았다.

"그럼 내가 어떻게 해야 하는지 말해 줘. 하지만 꼭 따르겠다는 뜻은 아냐."

"알았어. 먼저, 눈을 감아."

"마테오, 우리는 지붕 위에 있어."

"눈을 감아. 계속 눈을 뜨고 있으면 아래를 내려다보게 될 거야. 아래를 보면 떨어질지도 몰라."

소피는 마지못해 눈을 감았다.

"이제 내가 널 지붕 가장자리로 이끌 거야. 눈 감았어?"

"응."

사실 소피는 실눈을 뜨고 속눈썹 아래로 지붕 가장자리로 걸어가는 자신의 맨발을 내려다보았다.

"눈을 뜨고 있잖아. 제대로 꼭 감아. 네가 떨어지지 않게 뒤에서 잠옷을 잡을게. 너는 그냥 걸음을 내디뎌."

"얼마나 크게?"

"돼지 길이 정도로."

소피는 자신이 죽을지도 모른다고 생각했다. 소피는 돼지를 제대로 본 적이 없기 때문이었다.

"괜찮아. 너는 안전해."

마테오는 평소와 달리 진지하게 말했다.

"계속 눈을 감고 있어."

소피는 건물 사이의 빈 공간을 향해 한쪽 다리를 뻗었다.

"눈 감았어."

이번엔 진짜였다. 소피는 마테오의 팔을 움켜쥐고서 다리를 허공으로 내밀었다. 주위를 휘저었으나 아무것도 닿지 않았다. 소피는 다리를 거둬들이고 가장자리에서 물러났다.

"돼지보다 넓잖아, 마테오!"

"돼지 길이. 돼지는 꽤 길어. 다리를 털고 긴장을 풀어. 내가 널 잡고 있어. 다시 해 봐. 더 멀리!"

소피의 발이 건너편 가장자리에 닿았을 땐 다리가 찢어질 듯했다.

"이제 어떻게 해?"

무게 중심이 앞발 무릎 너머로 옮겨 가 다리를 다시 끌어당기기에는 늦어 버렸다. 뒤로 되돌다가는 허공으로 떨어져 버릴 것 같았다. 지금 누군가 아래의 좁은 골목을 걸어간다면, 소피의 속바지를 보게 될 것이다. 이래서 남자든 여자든 긴바지를 입어야 한다고 소피는 생각했다.

마테오가 조심스레 말했다.

"이제 너를 놓을 거야."

"뭐? 안 돼!"

"잠깐만이야."

마테오는 이미 소피한테서 떨어졌다. 아주 가볍게 쿵 소리가 났다. 다람쥐 달리기도 그것보다는 시끄러웠을 것이다.

"네 손을 나한테 줘."

소피는 얼굴을 붉히며 손을 내밀었다. 손이 땀으로 축축했다.

"내가 널 끌어당길게."

마테오가 소피를 세게 잡아당겼다. 소피의 어깨와 팔과 무릎이 한 꺼번에 끌려갔다. 마테오가 씩 웃으며 말했다.

"이제 일어서. 그리고 땀 좀 닦아. 네 손바닥으로 나무에 물을 줘 도 되겠어. 이제 거의 다 왔어."

"뭐? 이번이 마지막이라고 했잖아!"

"미안. 내가 거짓말했어."

새들의 인사

마테오는 등에 멘 배낭을 똑바로 했다. 그리고 손가락으로 한곳을 가리키며 자랑스럽게 가슴을 폈다.

"저기 저 지붕이 내가 사는 곳이야. 달이 나타나면 볼 수 있을 거야."

"아주 멋지네."

소피는 아직 눈을 감고 있어서 제대로 보지 못했지만, 사람들이 자신의 집을 보여 줬을 때 해야 하는 인사말을 알았다.

"아주 멋지다고? 그게 다야?"

소피는 공기와 용기를 한데 모으며 가만히 눈을 떴다.

"네가 저기에 산다고?"

놀란 눈이 저절로 크게 떠졌다. 마테오의 지붕은 눈이 휘둥그레질 만큼 아름다웠다. 아찔한 높이였지만 사암으로 만들어진 지붕은 달빛을 받아 노란색으로 은은히 빛났다. 건물 벽에는 조각상이 새겨져 있었다. 건물 안에는 왠지 멋진 샹들리에와 손끝으로 세상을 호령하는 힘센 사람들이 있을 것만 같았다. 지붕 꼭대기에는 은빛 깃대에 꽂힌 프랑스 국기가 펄럭였다.

"법원 건물이야. 파리에서 가장 중요한 건물이지."

"너 꼭 부동산 중개인처럼 말한다."

"정말이야! 유럽에서 가장 아름다운 건물이라고 안내 책자에 나와 있어."

마테오가 발끈했다.

"근데 저기에 어떻게 가?"

소피와 마테오가 앉아 있는 지붕과 마테오의 지붕 사이는 너무 넓어서 뛰어넘을 수가 없었다. 그리고 어떤 나무도 그 높이까지는 닿을 수 없을 것 같았다.

"나 혼자일 땐 떡갈나무를 타고 올라갔다가 홈통으로 건너뛰면 돼. 하지만 나무에서 홈통까지 뛰려면 연습이 필요해. 고통스러운 연습이지."

마테오는 소매를 걷어붙였다. 손목에서 팔꿈치까지 긴 흉터가 있었다.

"너를 위해서 이걸 가져왔어."

마테오가 배낭을 열었다.

마테오의 손에는 굵은 똬리를 튼 밧줄이 들려 있었다. 밧줄은 길고 무거워 보였다. 마테오는 보기보다 힘이 센 모양이었다.

"기어올라 갈 거야? 그래서 밧줄이 필요한 거야?"

소피는 마음속 두려움의 소리를 듣지 않으려고 했다. 마테오는 보통 아이들보다 훨씬 큰 용기를 갖고 태어난 게 분명했다.

"곧 알게 될 거야."

마테오는 지붕의 가장자리 너머로 발가락을 구부렸다. 소피는 속이 덜컥 내려앉는 것 같았다. 하지만 마테오는 마치 횡단보도 가장자리에 서 있는 것처럼 침착했다.

"뒤로 물러서."

마테오는 밧줄을 빙그르르 돌리더니 지붕 너머로 날렸다. 밧줄 고리가 건너편 홈통을 지탱하는 버팀대에 걸렸다. 그러자 밧줄을 세게 잡아당겼다. 마테오의 얼굴은 찰스가 음악을 들을 때처럼 진지한 표정이었다.

"이제 됐어."

마테오는 팽팽히 당기고 있던 밧줄을 갈고리못에 묶었다. 그리고 잘되라는 뜻으로 매듭 위에 침을 뱉었다.

"우리는 밧줄 위로 걸어갈 거야."

소피는 마테오를 뚫어지게 쳐다보았다.

"농담하는 거지?"

"내가 사는 곳이 보고 싶다고 했잖아. 이게 우리 집에 가는 길이야. 어렵지 않아."

"이건 줄이야. 하늘과 땅 사이에 하나뿐인 줄이라고."

소피가 밧줄 위를 걷는 것은 도저히 불가능해 보였다.

"네가 원한다면 나무에서 홈통으로 뛸 수도 있어. 하지만 그건 바보짓이야. 너한테는 이게 더 안전해."

마테오의 얼굴에 짜증이 나 있었다.

"나더러 줄타기를 하라고?"

어둠 속에서 줄은 잘 보이지도 않았다.

마테오는 소피에게 차갑게 말했다.

"네가 하지 않겠다면 나도 널 돕지 않겠어. 겁쟁이는 도움받을 자격이 없어."

"날 겁쟁이라고 부르지 마. 나는 겁쟁이가 아냐."

"위, 즈 쉬."

"뭐라고?"

마테오는 미안한 듯 어깨를 으쓱했다.

"너를 꼭 겁쟁이라고 생각하지는 않아."

"그럼 다시는 그렇게 말하지 마."

"봐, 이거 정말 쉬워. 내가 보여 줄게."

마테오는 침을 뱉고 엄지손가락으로 코를 풀었다. 그러고는 밧줄 위로 발을 내디뎠다. 아주 잠깐 흔들리면서 머뭇거렸다. 하지만 한 걸음, 한 걸음 차분히 걸어 한가운데까지 갔다. 팔은 양옆으로 쭉 뻗었다. 마치 날개 같았다. 윗몸은 바람에 맞춰 알맞게 움직였다.

공중에서 균형을 잡기 위해서였다.

아주 천천히 마테오가 몸을 돌렸다. 약간의 비틀거림도 없었다. 그리고 소피에게로 다시 걸어왔다.

"갈까?"

마테오가 손을 내밀었다.

때때로 사람들은 무모하게 용감해질 때가 있다. 그것은 무언가의 매력에 빠졌기 때문일 것이다.

"응. 갈게."

소피는 지붕 가장자리로 걸어갔다. 난간 위로 발가락을 구부리고 아래를 내려다보았다. 손이 뜨거웠다. 소피는 자신을 다독였다. 침착해.

"천천히. 천천히. 밧줄 위에 한 발을 올려놓을 수 있겠어?"

소피의 맨발에 닿는 밧줄이 날카롭고 탄력 있게 느껴졌다.

"아, 마테오!"

소피의 가슴에 회오리바람이 일었다.

"양손을 내게 줘. 내가 균형을 잡을게."

"응."

"다른 쪽 발."

소피의 오른발은 아직 난간에 남아 있었다.

"휴."

소피는 숨을 크게 내쉬었다.

"너는 미쳤어. 나도 미쳤어. 오, 이런."

소피가 비틀거렸다. 그러자 마테오가 소피를 안심시켰다.

"미친 건 좋은 거야. 하지만 아래는 내려다보지 마."

"그러면 발을 어디에 놓을지 어떻게 알아?"

소피의 목소리가 평소보다 높게 나왔다.

"내가 뒤로 걸으면서 균형을 잡을게. 넌 내 어깨를 잡고 그냥 걸어. 발에 밧줄이 느껴져?"

"응."

소피는 마테오의 살갗 속으로 엄지손가락이 파고들 만큼 꽉 잡았다.

"왼발, 오른발, 발가락으로 밧줄을 움켜잡아. 왼발, 멈춰. 고개를 들어. 내 정수리를 봐. 균형을 느낄 수 있겠어?"

소피의 발이 밧줄 때문에 간질거렸다.

"그런 것 같아."

마테오는 깜짝 놀랄 만큼 마르고 가벼웠다. 마테오의 빗장뼈는 새처럼 움푹 파였을 거라고 소피는 생각했다.

"계속 숨 쉬어. 발을 내딛고."

밧줄 중간쯤에서 마테오가 속도를 늦추더니 멈춰 섰다.

"왜 갑자기 멈춰?"

소피는 겁에 질린 쇳소리를 내지 않으려고 애썼다.

"너에게 보여 줄 게 있어. 소피, 저 멀리 내다봐. 눈앞에 파리가 펼쳐져 있어!"

소피는 고개를 들어 도시를 바라보았다. 파리의 불빛이 깜박거렸다. 보석으로 장식한 부활절 달걀처럼 아름다웠다. 마치 마법의 양탄자를 탄 기분이었다.

"봤지? 세상에서 가장 아름다운 도시야. 이곳에 있으면 왕이 된 기분이야."

소피는 왕이 된 것보다 좋았다. 왕은 매일 수천 번의 악수를 하느라 손가락이 아플 것이다. 왕보다는 요정이나 새가 된 기분이었다.

소피는 저 멀리 강가에 있는 보스트 호텔과 자신이 묵는 다락방 지붕창을 찾았다.

"내가 방에 촛불을 켜 둔 채로 왔는지 궁금해."

하지만 마테오는 소피의 말을 듣는 둥 마는 둥 했다. 마테오는 밧줄의 소리를 듣고 있는 듯했다. 마테오의 얼굴은 평소보다 하얗고, 눈동자는 더욱 밝게 빛났다.

"새들에게 먹이를 줄까?"

"좋아."

그때, 세찬 바람이 소피의 잠옷을 거칠게 잡아당겼고 소피는 마음을 바꾸었다.

"아냐, 그냥 계속 가는 게 낫겠어. 그냥 가자!"

"하늘에서 새들에게 먹이 주기는 왕조차도 할 수 없는 일이야."

"하지만 자정이 지났어. 새들은……,"

밧줄이 휘청 흔들렸다.

"새들은 자고 있을 거야."

"깜박 졸고 있을 뿐이야. 내가 부르면 깰 거야. 2분만 더, 소피. 내가 잡고 있으면 넌 떨어질 수가 없어."

"그러면, 빨리. 알았어?"

"한 손은 날 놔야 해. 내 주머니에 알곡이 있어. 내가 네 손바닥에 올려놓을게. 내가 균형을 잡을 테니까 넌 두 다리로 똑바로 서기만 하면 돼. 아래만 내려다보지 마."

소피는 알곡을 내려다보지 않고 받으려고 했다. 하지만 그러지 못했다. 갑자기 온 세상이 뒤집어졌다. 젖은 손가락 사이로 알곡의 반이 스르르 빠져나갔다. 무릎이 와들와들 떨리고 밧줄은 마구 흔들렸다.

"마테오! 도와줘!"

"진정해."

마테오는 침착하게 소피를 움켜잡았다. 그러고는 균형을 잡으려고 무게 중심을 이동했다.

"너, 겁먹었어?"

"아니."

소피는 거짓말을 했다.

"네가 떨어지려고 하면 내가 잡을 거야. 내 말 믿지? 나는 줄에서 한 번도 떨어진 적이 없어. 숨 쉬어, 제발."

"그만 말해! 숨 쉬고 있단 말야."

밧줄이 소피의 발바닥으로 파고들었다.

"무릎을 펴. 잘했어. 새들을 부를게."

"마테오, 나 밧줄에서 내리고 싶어."

소피는 수십 미터 높이에서 떨어지는 자신을 떠올리지 않으려 했다. 하지만 자꾸만 무서운 상상이 떠올랐다.

"제발, 우리 그냥 저쪽 끝으로 가자."

"농. 1분만."

마테오가 휘파람을 불었다. 날카롭고 깨끗한 소리가 고요한 어둠을 가르며 몇 마일에 걸쳐 울려 퍼졌다. 마치 빗소리 같았다. 휘파람 소리를 듣자, 소피의 두려움이 조금 걷혔다.

마테오가 물었다.

"휘파람 불 수 있어?"

"응."

다시 바람이 불고 밧줄이 흔들렸다. 소피는 눈을 감았다.

"그럼 따라 해 봐."

소피는 입술을 모으고 휘파람을 불었다. 첼로를 연주하듯. 주위의 세상이 서서히 멀어지는 것 같았다.

"잘한다! 그렇게 잘한다고 말하지 않았잖아."

마테오는 놀란 듯했다.

"고마워."

소피는 다시 휘파람을 불었다. 나이팅게일이 노래하듯 목구멍을 떨었다. 숨이 차분히 가라앉았다.

"눈을 떠 봐. 위를 봐!"

마테오가 활짝 웃었다. 그렇게 활짝 웃는 건 처음이었다.

소피는 고개를 들었다. 새들이 마테오의 머리 위로 원을 그리며 날았다.

"새들은 나를 알아. 알곡을 내밀어 봐. 더 높이. 어깨보다 더 높이 들어야 해. 안 그러면 새들이 팔이나 머리 위로 기어오를 거야."

새 한 마리가 소피의 손에 앉았다. 그리고 또 한 마리.

새들은 제법 무거웠다. 하지만 팔을 짓누르는 새들의 무게는 뭐라 말할 수 없는 기쁨이었다. 새들의 발톱이 소피의 살을 꼬집었다.

"안녕. 봉수아."

소피가 나직이 속삭였다.

또 한 마리의 새가 소피의 팔목에 내려앉을 때, 발아래 밧줄이 흔들렸다.

마테오는 몸을 움직여 다시 균형을 잡았다. 대단한 집중력이었다.

"새들이 널 좋아하나 봐."

비둘기 한 마리가 소피의 팔을 따라 어깨 쪽으로 움직이며 퍼덕였다. 마치 소피가 얼마나 튼튼한지 살펴보는 것 같았다.

"날아가지 마. 여기 있어."

소피가 새들에게 속삭였다.

큰 새가 소피의 손바닥에서 알곡을 쪼아 먹었다. 땀에 절어 짠맛이 날 거라고 소피는 생각했다.

마테오가 다시 휘파람을 불자, 또 다른 새가 원을 그리며 내려와 소피의 머리 위에 앉았다. 다음에는 눈이 빨간 비둘기가 마테오의 어깨 위에 내려앉아 뒷목을 쪼았다.

"나랑 잘 아는 새야. 수컷이고 이름은 엘리자베스야."

"수컷?"

"응. 이 새는 오래전에 아기 새였을 때 만났어. 그때 나는 암컷이랑 수컷을 어떻게 구별하는지 몰랐어. 그래서 암컷인 줄 알았어."

"엘리자베스는 아름다워."

"엘리자베스가 올 거라고 생각지 못했는데. 낯선 사람을 좋아하지 않거든."

엘리자베스는 마테오를 떠나 소피의 어깨 위에서 푸드덕거렸다. 소피의 눈을 가만히 들여다보더니 고개를 까닥거렸다.

"너를 안다고 생각하는 게 분명해."

"어쩌면 진짜로 나를 알지도 몰라!"

"뭐? 너를 알 리가 없지, 바보 같은 엘리자베스."

엘리자베스는 소피의 뺨에 대고 날개를 퍼덕였다. 소피는 기뻤다. 하늘 한가운데서 새들에게 환영을 받았어.

"마테오, 정말 좋아. 마치 음악 같아."

소피는 그럴듯한 말이 떠오르지 않아 생각나는 대로 말했다.

도시는 소피가 믿던 것과 달랐다.

"도시는 생각보다 친절해."

소피는 속삭였다. 파란 박새가 소피의 손가락에 앉았다. 마치 보석 반지 같았다. 아니, 보석 반지보다 훨씬 멋지고 우아했다.

파란 박새가 소피의 귓불을 쪼았다.

"도시는 생각보다 야생적이야."

비둘기 사냥

    소피는 다시 마테오에게 이끌려 건너편 지붕으로 다가갔다. 머지 않아 해가 떠오를 시간이어서 꿈같은 시간을 포기해야 했다. 뒷걸음으로 가던 마테오는 지붕에 닿자, 소피를 자신의 뒤로 세게 끌어 당겼다. 소피의 다리가 넘어질 듯 후들거리다가 주저앉았다.

    "괜찮아?"

    "안 괜찮은 것 같아. 내 다리가 이상해."

    소피는 종아리를 눌러 보았다. 근육이 경련을 일으켰다.

    "조금 있으면 정상으로 돌아올 거야. 잠깐 여기에 앉자. 그런데 너 얼굴빛이 이상해. 잠깐 잘래? 나에게 담요가 있어. 실은 마대 자루 이긴 하지만……."

    "아냐, 잠이 오지 않을 것 같아. 그냥 앉아 있을래."

    "알았어. 난 불을 좀 피울게."

"어디에서? 여기에서?"

"바보야, 당연히 아니지. 굴뚝 옆에서 피울 거야. 그래야 연기가 굴뚝에서 나오는 것처럼 보이거든. 너는 여기 있어. 아무 데도 가면 안 돼."

하지만 소피는 일어나서 주위를 둘러보았다. 법원 지붕은 마을 광장처럼 넓고 매끈했다. 소피는 머뭇거리며 발을 디뎌 보았다. 다리가 아까보다는 나아진 것 같았다. 지붕 한가운데서 연기가 피어올랐다. 소피는 절뚝거리며 연기를 향해 걸었다.

마테오는 굴뚝 뒤에 쪼그리고 앉아 불을 피웠다. 땔감은 망가진 의자였다.

"마테오! 이게 다 네 거야?"

소피의 눈이 휘둥그레졌다. 소피는 자신이 얼마나 감동했는지 어두워서 마테오가 볼 수 없기를 바랐다.

"당연하지. 그럼 누구 거겠어?"

굴뚝 옆에는 화살 한 다발, 사과 한 무더기, 양철 냄비와 주전자, 대충 깎아 만든 나무 숟가락과 견과류가 가득 담긴 유리 항아리 등이 깔끔하게 정리되어 있었다. 마대도 두 자루나 있었다. 소피는 살짝 안을 들여다보았다. 한 자루는 나뭇잎이 가득하고, 다른 한 자루는 뼈가 가득했다.

"여기 앉아."

마테오가 소피에게 방석을 건넸다.

"이것도 네가 만들었어?"

방석은 제법 부드럽고 두툼했다.

"그럼."

"뭐로 만든 거야?"

소피는 방석을 눌러 보았다. 집에 있는 방석보다 폭신했다.

"그냥 비둘기……, 솜털? 뭐라고 하는지 모르겠어."

"다운?"

"농, 다운이 아냐. 다운은 깃털 아래에서 뽑는 아주 부드럽고 하얀 털이야. 하지만 나는 바깥 깃털도 사용해. 물론 모든 깃털을 사용하지. 심지어 뼈도."

"비둘기 깃털을 뽑을 때 비둘기들이 날아가지 않아?"

"내가 그러지 못하게 하지. 내 말은…… 비둘기들이 죽어 있다고. 나는 살아 있는 비둘기 털을 뽑지 않아. 그건 매우 어려운 일일 거야. 비둘기들한테는 매우 당황스러운 일이겠지."

"비둘기를 먹기도 해?"

"응. 요리해서 먹어."

마테오는 칼을 꺼내 소피에게 내밀었다.

"이것으로 손질해. 비가 오고 아주 배고플 땐 익히는 걸 건너뛰기도 해."

"뼈도 먹어?"

"끓여서 국물을 먹어."

"맛이 괜찮아?"

"농. 역겨워. 접착제 같아. 그래도 굶는 것보단 나아."

"비둘기 바깥 깃털로는 뭘 만들어?"

마테오는 정말 별난 아이였다. 소피는 마테오가 비둘기 깃털로 망토를 만들어 입는다 해도 놀라지 않을 것이다. 심지어 깃털을 꿰매 날개를 만들었다고 해도.

"저길 봐, 저기."

지붕을 따라 저만치 굴뚝 사이에 덮개가 펼쳐져 있었다. 소피는 자세히 살펴보려고 다가갔다. 그것은 비둘기 깃털을 겹겹이 꿰맨 덮개였다. 기름지긴 하지만 아름다웠다. 아래에는 여러 개의 마대로 만든 침대가 있었다. 소피는 매트리스를 눌러 보았다. 방석과 마찬가지로 아주 부드럽고 폭신했다.

"이 덮개는 물에 젖지 않아서 천막으로 쓰고 있어. 완전 공짜인 셈이지."

어느새 다가온 마테오가 말했다. 그다지 따뜻할 것 같지는 않다고 소피는 생각했다.

"마테오, 겨울에는 뭐 해? 어떻게 추위를 견뎌?"

"아무것도 안 해."

마테오는 어깨를 으쓱했다.

"추위에 금세 익숙해져. 좋아하게 되진 않지만."

"고아원에 가면 안 돼? 겨울 동안에만?"

"안 돼."

"그래도……."

"갔었어, 한 번. 북쪽 거리에 있는 지붕에서 싸움이 있었어. 그때 칼에 베었어, 아주 크게. 그 상처 때문에 패혈증에 걸렸어."

마테오는 오른손을 왼쪽 겨드랑이 밑에 집어넣으며 말했다.

"그때는 죽을 거라고 생각했어."

마테오는 막대기로 거칠게 불을 쑤셨다. 불꽃이 튀었다.

"고아원에는 창문에 쇠창살이 있어. 누구도 딸 수 없는 쇠창살이 야."

"왜 고아원에 창살이 있어? 사람들이 침입할까 봐?"

"농. 아이들이 달아나려고 했거든. 고아원은 한번 들어가면 나올 수가 없어. 프랑스에서 노숙자가 되는 건 불법이거든. 알고 있었 어?"

소피는 몰랐다. 세상에서 가장 정신 나간 법 같았다.

"그렇지만 너는 도망쳤잖아. 그렇지?"

"응. 굴뚝을 타고. 처음부터 고아원에 가지 말았어야 했는데. 고 아원에서는 아직 날 찾고 있어. 나랑 몇몇 애들을. 우체국에 도망자 공고문도 붙였어."

"근데 왜 달아났어? 무슨 일이 있었던 거야?"

"아무 일도 일어나지 않았어. 그냥 하루하루가 지옥 같았어. 그들 은 우리가 식사 시간에 얘기를 나누면 소리를 질렀어. 우리가 웃어도 소리를 질렀어."

"정말이야?"

소피는 믿을 수가 없었다.

"너는 짐작도 못할 거야. 그건 박제당하는 거나 마찬가지야. 난 절대 땅으로 내려가는 위험한 일을 할 수 없어. 사람들이 내가 세상에 존재하지 않는다고 믿는 게 더 나아."

마테오는 다시 아무렇지 않은 척 잔가지를 치웠다. 소피는 깃털 천막 쪽으로 돌아섰다.

"여기 정말 멋진 것 같아. 내가 너라면 절대 이 지붕을 떠나지 않을 거야."

소피는 깃털 천막을 쓰다듬었다. 위에는 물방울이 맺혀 있었지만 아래의 슬레이트는 바싹 말라 있었다.

"환상적이야. 나도 여기 살고 싶어. 완벽해."

"하지만 여름엔 냄새나. 천막에는 갈매기 깃털이 정말 최고야. 갈매기 깃털은 기름져서 물이 날개 밖으로 굴러떨어져. 하지만 폭풍이 온 뒤가 아니면 갈매기들을 잘 볼 수 없어. 비둘기 깃털도 나쁘지는 않아. 오리 기름을 덧바르면 되거든."

마테오는 이야기를 하는 내내 찰스가 속으로 기뻐할 때와 같은 표정이었다.

"그런데 넌 비둘기를 어떻게 잡아?"

마테오는 소피를 지그시 바라보며 물었다.

"어떻게 할 거 같아?"

"어……, 올가미로?"

소피는 전혀 짐작이 가지 않았다. 칼로? 맨손으로? 이로? 그게 무엇이든 그다지 놀랍지 않을 것 같았다.

"보여 줄게. 어차피 오늘 아무것도 못 먹었으니까."

마테오는 굴뚝 안으로 손을 뻗어 활을 꺼냈다. 또 매트리스 아래에서 화살 다발을 꺼냈다.

"화살을 묶어 두지 않으면 날아가 버려. 여기는 바람이 많이 불거든."

마테오는 활에 화살을 메겼다. 마테오의 얼굴은 밧줄 위에서 소리에 귀를 기울이던 표정으로 한순간에 바뀌었다. 차마 소피는 다가갈 수 없었다. 마테오는 소피한테서 등을 돌렸다. 조금 전 건너온 지붕 굴뚝에 비둘기 세 마리가 앉아 있었다. 순식간에 마테오의 팔에 반동이 일었다. 화살은 공기를 가르며 새된 소리를 냈다. 그리고 가운데 앉아 있는 비둘기의 목에 가서 꽂혔다. 비둘기 두 마리는 두려움에 퍼덕거리면서 날아갔다.

"여러 마리가 있을 땐 항상 가운데 비둘기를 겨눠. 그게 맞힐 가능성이 높아. 그리고 바람을 안고 겨눠야 해."

마테오는 소피의 놀란 얼굴을 못 본 체했다. 그리고 지붕 가장자리로 껑충껑충 달려가 쭈그리고 앉더니 건너편을 향해 몸을 앞으로 수그렸다. 소피는 마테오가 죽으려고 마음먹은 게 틀림없다고 생각했다. 마테오는 밧줄을 움켜잡더니 한 손, 한 손 번갈아 건너편 지붕으로 갔다. 그러고는 몸을 일으켜 비둘기를 셔츠 앞자락 아래에 넣었다. 소피는 마테오의 셔츠 앞부분에 빨간 천을 덧댄 이유를 그제야 알았다. 마테오는 다시 흔들거리며 밤하늘을 건너 돌아왔다. 가고 오는 데 2분도 채 걸리지 않았다.

마테오는 소피의 발치에 비둘기를 던졌다. 그리고 머리에 피 묻은 손바닥을 문질러 닦으며 말했다.

"이게 내가 비둘기를 잡는 방법이야. 나는 내가 좋은 사람이라고 말한 적 없어."

소피는 별일 아닌 듯 태연한 척했다.

"털 뽑는 것 좀 도와줄까?"

"농."

"왜 안 돼? 해 보고 싶어. 응?"

"해 볼 수는 있겠지. 하지만 이건 파티 음식이 아냐."

다행히 소피는 책에서 새털 뽑기에 대해 읽은 적이 있었다. 목에서부터 시작해서 뒤로 가면서 뽑으면 된다.

"나는 비둘기 고기를 먹어 본 적이 없어. 어떤 맛이야?"

소피는 깃털 한 줌을 뽑으며 물었다. 비둘기의 살갗은 늙은 사람의 피부처럼 흐물흐물 늘어졌다. 소피는 놀라지 않은 척 씩씩하게 깃털을 뽑았다.

"훈제한 닭고기 맛이야. 아주 훌륭해. 근데 이제 말 좀 그만했으면 좋겠어."

"아, 미안. 누군가 들을까 봐?"

"농. 이 높이에서는 안 들려. 하지만 너는 첼로 연주를 들어야 하잖아."

마테오가 비둘기 내장을 빼내고 꼬치에 끼우는 동안, 소피는 조용히 귀를 기울였다. 마테오의 말은 사실이었다. 소피는 지붕 위에서 드문드문 이어지는 말소리와 중간중간 끊기는 음악 소리를 들을 수 있었다. 소피는 반쯤 웅크린 자세로 지붕을 돌며 바람을 타고 들려오는 소리를 들었다. 욕을 하며 다투는 소리, 술에 취한 노랫소리, 개 짖는 소리, 나이팅게일의 노랫소리를 들었다. 하지만 파리의 밤은 대체로 고요했다.

마테오가 "소피!" 하고 불렀을 때 소피는 기절할 듯 놀랐다.

"응? 무슨 소리 들었어?"

"농. 음식이 준비됐어."

마테오의 식사 예절이 좋다고 할 수는 없었다. 잇몸을 드러낸 채 어금니로 고기를 찢고, 입을 벌리고 씹었다. 소피도 따라 해 보려고 했지만 고기가 너무나 뜨거워서 입천장 살갗이 벗겨졌다.

소피는 마테오의 물건들을 살펴보았다.

"마테오, 포크 있어?"

"아니. 손가락은 있어. 그리고 이도."

"뜨거워서 데지 않아?"

"절대."

마테오는 손을 내밀었다.

"내 손바닥은 내열성이야. 열에 잘 견디지."

마테오의 손바닥과 손가락 끝에는 굳은살이 두껍게 박여 있었다.

"미안한데, 난 포크가 있으면 좋겠어. 손가락에 물집이 잡히고 있어서……."

첼로를 연주하려면 손가락이 중요했다.

"그리고 물 좀 있어?"

"마시려고? 아니면 손가락 때문에?"

"둘 다."

"보여 줘 봐."

마테오는 소피의 손을 잡았다.

"네 손은 너무 부드러워."

그러더니 자신의 손가락에 침을 뱉어서 소피의 손가락에 쓱쓱 문질렀다.

"그 위에 계속 침을 뱉어. 도움이 될 거야. 자, 여기. 마실 물이야."

마테오가 물이 반쯤 든 깡통을 건넸다.

"빗물이야. 덴 상처에 낭비할 수는 없어. 그리고 다 마시지 마."

소피는 물을 한 모금 마셨다. 녹슨 맛이 났지만 나쁘지는 않았다.

"잠깐만. 포크를 만들어 줄게."

마테오는 비둘기 고기를 쭉 찢더니 브이 자 모양으로 생긴 가슴뼈와 긴 다리뼈를 발라냈다. 물이 끓는 주전자에 뼈들을 넣더니 검댕을 조금 집어넣고 문질러 씻었다.

"검댕은 비누 역할을 해."

소피는 때가 껴서 새까만 마테오의 얼굴을 쳐다보았다.

"너, 그 비누를 말하는 건 아니지?"

"기다려 봐."

마테오는 계속해서 문질렀다.

"봤지?"

마테오가 하얗게 빛나는 뼈 두 개를 흔들었다. 그러고는 주머니에서 끈을 꺼내 가슴뼈를 다리뼈 끝에 대고 팔자 모양으로 묶었다.

"자, 포크 완성!"

지붕 위의 만찬

다음 날, 소피는 하루 종일 잤다. 비가 오는 소리에 겨우 잠에서 깨어났다. 밤이 되자 비는 폭풍우로 변했다. 소피는 번개와 천둥 사이의 시간을 쟀다. 하나, 둘……, 우르릉, 쾅! 소피는 지붕으로 나갈 엄두가 나지 않았다. 다음 날도 날씨는 조금도 나아지지 않았다.

찰스는 변호사를 찾으러 나가기 위해서 잘 맞지도 않는 비옷을 빌려 입었다.

"이 방 창문을 사용할 수 있게 해 주시면 제가 계속 바깥을 살펴볼게요."

소피는 찰스의 방에 있었다.

"얼른 돌아오세요. 알았죠? 그리고 옷에 얼룩 묻히지 마세요."

소피는 껑충하니 짧은 찰스의 소매를 문질렀다.

"알았다. 대신에 소피 너 절대 이 방에서 나가면 안.된다. 정말 어쩔 수 없이 그래야만 할 경우가 아니라면 말이다. 소변이 마려우면 요강을 이용해. 다른 손님이 널 보면 안 돼."

찰스가 소피에게 다짐하듯 말했다.

찰스의 말대로 소피는 하루 종일 무릎에 코코아 한 잔을 올려놓고 창문 옆에 앉아 있었다. 계속 주위를 살피면서. 소피는 경찰과 첼로 연주자를 찾았다. 하지만 지나가는 사람이 거의 없었고, 그나마도 우산에 가려졌다. 소피는 귀에서 윙 소리가 울릴 때까지 첼로 음악이 들리는지 귀를 기울였다. 나중에는 모든 말과 마차에서 레퀴엠이 들리는 듯했다.

코코아 잔이 식어서 차가워졌지만, 소피는 알아차리지 못했다. 비는 멈추지 않았다.

소피가 잠자리에 들었을 때, 비는 양동이로 들이붓듯이 쏟아져 내렸다. 소피는 시계가 2시를 치는 소리에 잠에서 깼다. 퍼붓던 비는 가랑비로 바뀌었다. 구름이 달을 가로질러 흩어지면서, 달빛이 소피의 방을 모스 부호처럼 비췄다 사라졌다 반복했다.

소피는 이불을 걷어 내고 벌떡 일어났다. 대낮처럼 정신이 맑았다. 긴바지를 입고, 스웨터를 두 벌 껴입고, 양말을 신었다. 그리고 양말 끝을 잘라 발가락이 나오도록 말아 올렸다. 준비를 마치자 소피는 지붕으로 기어올랐다. 나중에 침대 위로 곧장 떨어질 수 있도록 지붕창은 열어 두었다.

마테오는 불을 피워 놓고 책상다리를 하고 가장 큰 굴뚝에 기대앉아 있었다. 한 손에는 칼을 들고 다른 손에는 불그스름한 것을 들고 있었다. 얼핏 가죽을 벗긴 쥐처럼 보였다. 소피가 휘파람을 불자, 마테오는 불그스름한 것을 잉걸불에 떨어뜨리고 소피를 데리러 달려왔다.

둘이 불가에 앉았을 때, 불그스름한 것이 연기를 내뿜었다. 마테오가 투덜거렸다.

"불에 탄 쥐는 역겨워."

"쥐는 어떤 맛이야?"

"그건 음……, 두더지 같아."

"두더지도 먹어 본 적 없어."

"토끼는 먹어 봤어?"

"응. 토끼는 먹어 봤어."

"토끼 같진 않아. 하지만 토끼 같지 않은 것도 아냐. 한번 먹어 보면 무슨 말인지 알 거야."

소피는 구운 쥐를 받아 들고 킁킁 냄새를 맡았다. 별다른 냄새는 나지 않았다.

"내 거도 남겨. 난 너보다 크니까 반 이상 남겨."

"이거 아침 식사야? 아니면 저녁?"

"이건 점심이야. 아까 잠에서 깼을 때 아침을 먹었어."

"그게 언젠데?"

"몰라. 해 질 녘. 그러니까 저녁 9시쯤?"

소피는 쥐의 넓적다리를 야금야금 먹었다. 구운 쥐는 숯이나 말 꼬리 같은 맛이었다. 소피는 간신히 삼켰다.

"뭐, 나쁘지는 않네. 이제 네가 먹어."

마테오는 이로 쥐를 물어뜯었다.

"난 아침 5시에 저녁을 먹어. 물론 먹을 게 있다면."

"먹을 게 없을 때도 있어?"

마테오는 어깨를 으쓱했다.

"이번 주는 먹을 걸 구하기가 쉽지 않았어. 그래서 좀 피곤해. 오늘은 일찍 돌아가는 게 좋겠어."

가까이에서 보니 마테오의 얼굴이 많이 야위었다. 왜 그랬는지 마테오가 배고플 거라는 생각은 하지 못했다. 소피는 마음속으로 자신을 나무랐다. 먹을 걸 좀 가져와야 했는데.

"미안하지만, 조금만 더 있게 해 줘. 첼로 소리를 들으려면 여기에 있어야 해. 부탁이야."

소피의 얼굴이 달아올랐다. 엄마를 생각할 때면 언제나 그랬다.

"좋아."

마테오는 바닥에 누웠다. 그리고 가만히 별을 바라보았다.

"난 지금 너무 배고파서 말할 기운이 없어."

"왜 음식 구하기가 평소보다 더 힘든 거야?"

마테오는 반쯤 일어나 앉더니 소피의 질문이 어이없다는 듯 대답했다.

"왜냐고? 당연히 비 때문이지."

소피는 조금 떨어져 누웠다. 달빛을 받은 마테오의 얼굴은 때 묻은 흰 눈 같았다.

"비 때문에 사냥하기가 어려워?"

"새들이 역으로 가서 비를 피하거든. 또 비가 오면 사람들이 밤에 창문을 닫아. 그래서 창문턱에서 아무것도 집어 올 수가 없어."

"그럼 그동안 뭘 먹었어?"

"화요일에는 폭풍우에 날려 온 갈매기. 거의 죽어 있었어. 아침 식사로 푸른 박새. 그건 좀 미안하게 생각해. 나는 살아 있는 박새를 아주 좋아하거든. 그리고 박새는 털 뽑는 수고에 비해서 살이 별로 없어."

소피는 놀라서 믿을 수가 없었다.

"그게 다야? 사흘 동안?"

"일요일에 지팡이 사탕을 먹긴 했어. 아나스타샤와 사피가 오페라 극장 옆에 있는 떡갈나무에 가져다 뒀거든."

소피는 마테오를 향해 돌아누웠다.

"아나스타샤와 누구? 그 애들은 누구야?"

마테오의 얼굴이 갑자기 멍해졌다.

"아무도 아냐. 너 주머니 안에 먹을 거 좀 있어?"

"아니."

소피는 바지 주머니에 손을 넣어 보았다.

"어? 잠깐 기다려 봐. 건포도가 있어. 새들에게 주려고 넣어 뒀거든."

"그래? 내가 먹는 게 낫겠다. 새들이 건포도를 먹으면 내가 새들을 잡아먹을 테니까. 그러니 한 단계를 건너뛰는 거지. 다른 건 또 없어?"

소피는 주머니에 더 깊이 손을 넣어 뒤적거렸다. 주머니는 바지가 치마보다 훨씬 좋은 옷이라는 걸 증명해 준다고 소피는 생각했다.

"있다!"

소피는 끈적거리는 손을 빼냈다.

"초콜릿이야. 아마 꽤 오래된 걸 거야. 녹아서 내 바지랑 범벅이 됐지만 먹을 만할 거야."

"좋아, 이리 줘."

마테오는 소피 생각과 달리 초콜릿을 곧바로 입속으로 넣지 않았다. 불에서 냄비를 내리더니 초콜릿을 넣었다. 그러고는 깎은 나뭇가지로 휘휘 저었다.

"초콜릿은 녹이는 게 가장 좋아. 그러면 양이 훨씬 더 많은 것처럼 느껴져."

마테오는 초콜릿에 건포도를 부었다.

"냄새가 정말 좋아."

초콜릿이 녹는 냄새가 지붕 너머로 퍼져 나갔다. 몸을 나른하게 늘어뜨리며 마테오가 그날 저녁 처음으로 웃었다.

찰스는 변호사 운이 없었다.

"쉽지 않구나. 아무도 경찰 국장을 상대로 하는 소송을 맡으려고 하지 않아. 대부분의 변호사들에게 품위와 용기라고는 없는 것 같더구나. 하지만 걱정 마라. 우린 곧 훌륭한 변호사를 찾을 수 있을 거야."

찰스와 소피는 아침 식사 중이었다. 찰스는 크루아상에 잼을 바르고 그것을 커피에 담갔다.

"음, 맛있구나. 너는 먹지 않니?"

"놔뒀다 나중에 먹으려고요."

소피는 크루아상을 무릎에 올렸다가 주머니에 넣었다.

"배고프지 않아?"

"네. 많이 먹었어요."

찰스는 잠시 멈췄다.

"정말이니?"

찰스가 눈살을 찌푸렸다.

"소피, 너는 롤빵을 숨겼어. 내가 잘못 본 게 아니라면 양말에는 사과가 들어 있을 게다. 대체 무엇으로 배를 채웠니?"

소피가 우물쭈물 대답했다.

"비스킷요."

"아침 식사로? 거, 이상하구나."

"아침 식사로 비스킷을 먹으면 어떨지 알고 싶었어요."

"그래서 어땠니?"

"좋았어요. 많이 먹었거든요. 사실은 지금 배가 좀 아픈 것 같아요."

소피는 몸을 반쯤 일으켰다.

"먼저 일어나도 될까요?"

"아직 안 돼, 소피. 말해 보렴. 어떤 종류의 비스킷을 먹었니?"

"초콜릿 퍼지가 들어 있는 거요."

"가운데가 부드러운 거 말이냐?"

"네."

찰스가 웃었다.

"내 건 하나도 남겨 놓지 않았어?"

"죄송해요. 너무 맛있어서."

"확실히 맛있을 것 같구나. 그럼 그 맛있는 초콜릿 비스킷은 어디서 났니?"

"당연히 빵 가게에서요."

소피는 창밖으로 빵 가게의 밝은 오렌지색 차양을 바라보며 고개를 끄덕였다. 그러다가 빵 가게의 차양이 내려져 있고 가게 안의 불이 모두 꺼져 있는 것을 알아챘으나, 이미 늦었다.

"어찌나 재치가 뛰어난지."

말과는 달리 찰스의 눈썹이 곤두섰다.

"빵 가게는 일요일에 문을 열지 않는단다, 소피."

"알아요. 어제 샀어요."

"토요일에도 문을 안 열어."

젠장, 소피는 얼굴이 식은땀으로 축축해지고 겨드랑이가 따끔거렸다. 소피는 거짓말을 싫어했다. 지금 보니 자신은 거짓말에 재주도 없는 것 같았다.

"아, 맞아요. 헷갈렸나 봐요. 내 말은 금요일에 샀다고요."

"그런데 돈이 어디에서 나서 샀니? 내가 알기로 너한테는 프랑스돈이 없는데."

더 이상 할 말이 없었다. 소피는 아무 말도 하지 않았다.

"소피, 나한테 말하고 싶은 거 있니?"

소피는 속으로 대답했다. 찰스에게 하고 싶은 얘기가 몇백 가지나 된다고. 하지만 어른들은 예측할 수가 없었다. 심지어 가장 좋아하는 아저씨도. 언제 아이들이 하는 일을 하지 못하게 막을지 알 수 없었다. 소피는 침을 꿀꺽 삼켰다.

"아니요. 아무것도요."

잠시 침묵이 흐른 뒤, 소피가 말했다.

"올라가도 되나요?"

"그러렴."

찰스는 눈썹을 위아래가 뒤집힌 브이 자 모양으로 끌어당겼다.

"소피, 너는 형편없는 거짓말쟁이구나. 배우가 될 생각은 하지 않는 게 좋겠다. 하지만 터무니없이 불법적인 일을 하는 게 아니라면 비밀을 갖는 것도 괜찮다고 생각한다."

"불법적인 거 아니에요."

어쩌면 불법일지도 모른다고 소피는 생각했지만, 곧 그럴 리가 없다고 확신했다.

"그럼 비밀을 간직해라. 모든 사람은 비밀이 필요해. 비밀은 때로 너를 강하고 영리하게 만들 거야."

소피는 찰스의 의자 발걸이에서 눈을 떼지 않고 가만히 앉아 있었다. 찰스는 소피에게 일어나라고 손짓했다.

"어서 가서 거울 보고 거짓말하는 연습 좀 해."

하지만 몇 분 뒤, 찰스는 소피의 방문을 두드렸다.

"소피, 그 비밀 말이다. 음식에 관한 비밀이니?"

"음, 비슷해요."

"엄마와 관계있어?"

"그렇다고 생각해요."

소피는 속으로 생각했다. 꼭 그랬으면 좋겠어요.

"다른 어른이 연관되어 있니?"

"아니요. 그렇지 않아요. 어른이 아니에요."

찰스는 뭔가를 더 얘기하려다가 고개를 저었다.

"좋아, 비밀을 지켜라."

"아저씨, 고맙습니다."

"하지만, 소피?"

찰스가 몸을 돌리고는 말했다.

"멋대로 다치지는 마라. 그렇지 않으면 내가 너를 흠씬 두들겨 줄 거야."

소피가 칫솔질을 마치고 프랑스 어 사전을 끼고 방으로 올라갔을 때, 침대에는 꾸러미가 놓여 있었다. 꾸러미에는 찰스가 쓴 쪽지가 꽂혀 있었다. 쪽지에는 "모든 사람은 비밀이 필요하다. 상대가 좋은 사람인지만 확인해라."라고 씌어 있었다. 뒷면에는 덧붙이는 말이 있었다.

"내 평생 한자리에서 이렇게 많은 소시지를 먹어 본 적이 없단다."

소피는 꾸러미를 들고 무게를 가늠해 보았다. 제법 무겁고 질벅거리는 느낌이 들었다. 바닥에서는 뭔가가 쨍그랑거렸다. 소피는 풀어 보려다가 멈췄다. 마테오와 함께 열어 보는 게 좋을 것 같았다. 밧줄에 도착할 때까지 꾸러미를 풀어 보지 않기 위해서는 엄청난 의지가 필요했다.

달이 구름에 가려졌다. 마테오는 휘파람을 불면서 지붕 가장자리에 다리를 달랑거리며 앉아 있었다.

"소피, 여기에 뭐가 있는지 봐."

마테오는 밧줄을 가로질러 달려와서는 지붕 위로 뛰어올라 소피의 손을 잡았다.

"어서 와서 봐. 토마토야! 나는 이렇게 많은 토마토를 가져 본 적이 없어."

토마토 무더기는 거의 소피의 무릎까지 왔다. 토마토는 해 질 녘에 내린 이슬로 반짝였다. 알맞게 익은 데다 맛 좋은 향이 났다.

"정말 멋지다. 어디서 났어?"

소피는 토마토 하나를 집어 들고 냄새를 맡았다.

"내가 길렀……."

"믿지 않을 거니까 네가 길렀다는 소리는 하지 마. 이런 토마토를 키우려면 온실이 필요해."

"알았어."

마테오는 살짝 삐딱한 말투로 얘기했다.

"창문턱에서 가져왔어. 아파트들이 모여 있는 거리 5층에서."

"그럼 훔친 거야?"

"농. 가져온 거야."

"뭐가 달라?"

"열린 공간에 있었다면 그건 공정한 경기야. 그건 사냥이니까."

소피는 마테오의 대답에 엘리어트 양이 뭐라고 대답할지 생각하자 웃음이 절로 나왔다.

"백 개나 되는 토마토로 뭐 할 건데?"

"서른네 개야. 내가 세 봤어."

마테오가 거만하게 말했다.

"그런데 그 꾸러미 안에 뭐가 들어 있어?"

마테오의 관심이 토마토에서 소피한테로 옮겨 갔다.

"나도 몰라. 우리가 같이 열어 봐야 할 것 같아."

"왜?"

소피는 달리 설명할 말이 없어서 얼굴이 붉어졌다.

"······그러니까 크리스마스 같은 거야."

"무슨 말인지 모르겠어. 크리스마스가 어쨌단 말이야?"

"크리스마스에 함께 선물을 풀어 보는 거 같은 거라고."

"몰라. 네가 무슨 말을 하는지 모르겠어."

마테오의 표정이 뾰로통해졌다. 아마 소피가 자기를 놀린다고 생각하는 것 같았다.

"음식인 것 같아. 찰스 아저씨가 준 거야."

소피가 얼른 말을 돌렸다.

음식은 안 좋은 기분을 좋게 하는 큰 힘이 있었다. 마테오의 입이 길게 늘어나더니 양쪽 귀에 걸렸다.

"어떤 음식이야?"

마테오가 꾸러미를 가져다가 손으로 눌러 보았다.

"고기?"

마테오는 꾸러미를 머리 위로 높이 쳐들었다.

"내가 보관해야겠어."

"이리 돌려줘!"

소피가 꾸러미를 잡아채는 시늉을 했다. 하지만 마테오는 소피보다 머리 하나는 더 컸다.

"같이 열어 보자."

마테오가 인심을 쓰듯 말했다.

꾸러미 속에는 기름종이에 싼 꾸러미들로 가득했다. 마테오는 꾸러미들마다 코를 벌름거리며 냄새를 맡았다. 첫 번째 꾸러미 안에는 가운데 부드러운 크림이 든 롤빵 네 개가 있었다. 버터를 아주 좋아하는 사람이 만들었는지, 소피의 엄지손가락 첫 번째 마디만큼 두껍게 발라져 있었다. 오븐에서 나온 지 얼마 되지 않은 듯 아직 따뜻했다. 푸른 하늘 냄새가 나는 것 같았다.

"나는 늘 생각했어. 사랑에 냄새가 있다면 뜨거운 빵 냄새 같을 거라고."

"뭐라고?"

마테오는 벌써 롤빵을 먹고 있었다. 버터 덩어리가 윗입술에 잔뜩 묻었다.

"아무것도 아냐."

마테오가 바빠 보였기 때문에 소피가 다음 꾸러미를 벗겼다. 손에 끈적거리는 게 묻었다.

"고기다!"

마테오는 빵 꾸러미에서 얼굴을 들지 않았지만 목소리는 확신에 차 있었다.

"어떻게 알아?"

"냄새."

마테오가 맞았다. 꾸러미는 두툼한 고기 덩어리를 드러내며 펼쳐 졌다. 무슨 고기인지는 잘 알 수 없었다. 소피는 꾸러미를 마테오에 게 내밀었다.

"이건 무슨 고기야? 알겠어?"

마테오는 가장 큰 조각을 집어 들더니 귀퉁이를 조금 물어뜯었다.

"농. 먹어 본 적 없어. 하지만 맛은 좋은데? 비둘기나 쥐가 아니라 는 건 확실히 알겠어."

소피도 조금 먹어 보았다. 연기와 소금 맛이 났다. 높은 지붕 위에 앉아 밤공기 속에서 먹는 고기 맛은 기가 막혔다.

"이건…… 사슴 고기 같은데? 먹어 본 적은 없지만 내가 상상하던 맛이야."

마테오는 꾸러미 안에서 유리병 두 개를 꺼냈다.

"이 안에는 뭐가 들었어?"

"와인처럼 보여. 하지만 찰스는 내가 블랙베리 샴페인 말고는 와 인을 좋아하지 않는다는 걸 아는데……."

차가운 유리병 주위에 물방울이 맺혔다. 소피는 병 하나를 뺨에 대 보았다.

"난 그것도 먹어 본 적 없어."

마테오는 어깨를 으쓱하며 유리병에 코를 대고 냄새를 맡았다. 거 품이 코로 날아들어 고양이처럼 재채기를 했다.

소피가 웃음을 터뜨렸다.

"레모네이드인 거 같아."

바닥에는 촉촉하고 쫀득한 초콜릿 케이크 반 조각이 있었다. 그리고 크림이 가득 든 병이 있었다. 마지막으로 기름종이와 신문지에 싸인 불룩한 꾸러미가 나왔다.

"소시지!"

마테오가 소리쳤다. 소시지는 소피의 손목만큼 굵었다.

소피는 몇 개인지 세어 보았다.

"스물두 개야. 각각 열한 개씩."

"너의 보호자가 어떤 사람인지 몰라도 나는 그 사람이 좋아."

"나도 나의 보호자를 좋아해."

소피가 활짝 웃었다. 찰스가 아니면 어느 누가 손가락과 발가락을 합친 것보다 더 많은 소시지를 선물할 생각을 할까.

"우리는 이걸 한 번에 요리해야 해. 우리에게 그렇게 하란 뜻으로 준 걸 거야."

"농. 나중을 위해서 조금은 보관해야 해."

"하지만 너에게는 얼음이 없잖아. 익혀 두지 않으면 다 상해 버릴 거야. 그리고 난 몹시 배가 고파. 어서 먹자, 마테오!"

웃음을 참느라고 마테오의 왼쪽 뺨이 실룩거렸다. 소피는 그것을 좋다는 뜻으로 받아들였다.

"내가 토마토 수프를 만들게."

"토마토 수프를 만들 수 있어?"

"응, 아마도 할 수 있을 거야."

소피는 우물쭈물 말을 얼버무렸다.

소시지에는 지방이나 물렁뼈가 들어 있지 않았다.

"이건 어떻게 요리하지? 너 프라이팬 있니?"

"아니. 하지만 풍향계 모아 놓은 게 있어."

소피는 마테오가 영어를 엉터리로 하고 있는 게 아닌지 의심스러웠다.

"뭘 모아 뒀다고? 풍향계?"

"응. 열 개쯤 돼."

마테오는 뒤에 있는 자루에 손을 넣어 기다랗고 뾰족한 금속 막대한 줌을 꺼내 소피의 발아래에 떨어뜨렸다. 대부분 화살 모양이고, 돛대 모양과 닭 모양도 있었다. 청동과 은으로 만들어진 풍향계들은 달빛 아래서 반짝반짝 빛났다.

마테오는 가장 긴 화살 모양 풍향계에 소시지 네 개를 꽂았다.

"너도 해 봐."

"이런 건 어디에서 구했어?"

"물론 지붕에서."

"이것도 훔친 거야?"

소피는 은으로 된 화살 모양 풍향계에 소시지 세 개를 꿰어 불 위에 올려놓았다.

"아냐. 사람들은 풍향계를 사용하지 않아. 녹슬게 내버려 둔다고. 나는 그것들을 가져다 쓰는 것뿐이야."

"녹이 슬어도 풍향계는 사람들한테 필요해."

"어디에 쓰는데?"

"음, 바람이 어느 쪽으로 부는지 알려 줘."

"바람의 방향을 알기 위해서 풍향계가 필요할 정도로 어리석다면, 사람들은 풍향계를 가질 자격이 없어."

"하지만 아무도 풍향계를 갖고 있지 않다면 네가 훔칠 것도 없을 거야."

"난 훔치는 게 아니라 발견하는 거야."

소피는 말문이 막혔다.

마테오는 다른 금속 막대에 침을 뱉더니 셔츠에 대고 문질렀다.

"어쨌든 바람의 방향을 알고 싶다면 나뭇잎을 봐. 손가락에 침을 바르고 바람을 느껴. 머리카락을 뽑아서 머리 위로 들고 있어."

소시지가 익으면서 맑은 즙이 흘러나오기 시작했다. 그리고 얼마 안 돼 환상적인 냄새를 풍겼다. 소피는 빗물로 마테오가 가진 것 중에서 가장 큰 냄비를 닦았다. 냄비는 놋쇠로 만든 작은 가마솥 모양이었다.

"껍질을 벗길 만한 게 뭐 있어?"

소피가 토마토를 손에 들고 물었다.

"농. 토마토는 껍질을 벗길 필요 없어. 넌 오렌지를 생각하고 있는

195

거야."

"수프를 만들려면 벗겨야 할 것 같은데."

소피가 미심쩍은 듯 고개를 갸웃했다.

"걱정하지 마. 괜찮을 거야."

소피는 토마토를 두 개만 남기고 모두 솥 안에 쏟아부었다. 하나는 마테오에게 건네고, 하나는 자기가 먹었다.

"끓도록 놔둬야 할 것 같아."

아차, 뒤늦게 생각이 난 소피가 빗물 반 컵을 부었다. 반시간 정도 지나자, 토마토가 걸쭉하게 졸아들었다. 토마토 껍질들이 위로 떠올랐다. 소피는 잔가지로, 마테오는 손가락으로 껍질을 건져 몰려든 비둘기들에게 나누어 주었다.

"크림 좀 집어 줄래?"

소피가 크림이 든 병을 가리켰다.

"다 사용하지는 마!"

마테오는 소피에게 병을 건네기 전에 재빨리 한 모금 마셨다.

"알았어."

소피는 크림을 냄비에 많이 부었지만 초콜릿 케이크와 마실 정도는 남겨 두었다. 수프에 또 뭘 넣어야 하지?

"너 소금 있어?"

"물론 나는 소금을 가지고 있지! 나는 야만인이 아니라고."

마테오는 소금을 네모진 파란 천 조각에 싸서 깨끗하게 닦은 화분 안에 넣어 두었다. 빨간 천 조각에는 후추도 있었다. 소피는 그 천들이 마테오가 입던 반바지의 천이라는 것을 알아차렸다.

"나는 후추는 별로 좋아하지 않아. 괜찮다면 소금만 넣을게. 원한다면 네 거에 따로 후추를 넣어."

"너도 후추를 좋아할 거야. 네가 영국에서 맛없는 후추만 먹었기 때문에 맛을 모르는 거야. 나는 영국인이 두고 간 음식을 먹어 봐서 알아. 그러니까 조금만 넣을게. 날 믿어."

마테오는 후추를 슬레이트 조각 사이에 넣고 부순 다음 수프에 넣었다.

소피는 수프에 소금을 넣었다. 진한 토마토 수프 냄새를 맡느라 코를 벌름거렸다.

"이제 다 된 것 같아."

둘은 바람을 등지고 나란히 앉아 깡통으로 수프를 떠 마셨다. 소피는 웃음이 절로 나왔다. 마테오는 소시지 하나를 한입에 욱여넣었다. 소피는 소시지와 사슴 고기와 수프 건더기로 샌드위치를 만들어 양손으로 잡고 먹었다. 머리카락이 자꾸 입속으로 날려 들어와 활시위로 머리를 묶었다. 소피는 이렇게 행복한 적이 있었는지 기억나지 않을 만큼 행복했다.

마테오와 소피는 소시지 열네 개를 각자의 방식대로 요리해 먹었다. 마테오조차 먹는 속도가 차츰 느려질 때쯤, 소피가 갑자기 얼어붙었다.

"저 소리 들려?"

"머가 드이냐고? 그양 바람이야."

마테오가 입에 음식이 가득 든 채로 말했다.

"바람 소리가 아냐."

바람 소리라고 하기엔 날카롭고 달콤했다.

"음악 소리야. 첼로 소리라고. 저 낮은 음 들려?"

소피는 음식을 슬레이트 위에 내려놓고, 귀를 바싹 기울였다. 지붕들 너머로 첼로 선율이 들려왔다.

"두 배 빠르기로 연주하는 포레의 레퀴엠이야."

소피가 음식을 불에 엎지르면서 벌떡 일어났다.

"저쪽에서 들려오는 소리야!"

소피는 정신없이 지붕 끝으로 달려갔다. 그리고 지붕 가장자리에 발가락 끝으로 서서 귀를 기울였다. 엄마야. 나는 지금 엄마의 연주를 듣고 있어.

소피는 엄마 생각을 하자 온몸의 뼈가 저리는 것 같았다.

음악 소리가 멈췄다.

"제발, 마테오 너도 들었다고 얘기해 줘."

마테오는 일어서며 입을 문질러 닦았다.

"들었어."

"얼마나 멀리 떨어진 곳이라고 생각해? 지금 가자! 당장 가 보자! 어느 길이 가장 빨라?"

“몰라.”

“뭐? 너는 파리의 모든 곳을 안다고 했잖아! 우린 지금 가야 해!”

“안 돼.”

“왜 안 돼? 어서 빨리!”

“무턱대고 달릴 수는 없어.”

“할 수 있어!”

“그만해, 소피! 들어 봐. 소리가 멈췄잖아. 너는 그 소리가 어디에서 왔는지도 모르잖아. 지붕에서는 소리가 엉켜서 울린다고. 그래서 실제보다 크게 들려. 아마 몇 마일은 떨어진 곳일 거야.”

“하지만 난 알 수 있어! 첼로 소리는 저쪽에서 왔어! 저기 북부역 말야.”

소피는 도시를 가로질러 기차역을 가리켰다. 마테오는 소피를 쳐다보지 않았다.

“나도 알아.”

“그런데 왜 모른다고 했어?”

“나는 기차역에 가지 않아. 가려면 너 혼자 가. 나는 갈 수 없어.”

“나는 네가 필요해! 너도 같이 가야 해!”

“난 못 가. 저쪽 지붕들은 다른 애들 구역이야.”

“누구?”

마테오는 고개를 저었다.

“설명할 수 없어.”

"그럼 근처까지만 가면 안 돼? 이건 정말 내게 중요한 일이야. 부탁할게."

소피의 심장이 귀에 들릴 만큼 쿵쿵 울렸다. 분명히 엄마의 첼로 연주였다!

"그래, 좋아. 하지만 오늘 밤은 아냐. 네가 꼭 기차역에 가고 싶다면 친구들의 도움이 필요해."

"친구들?"

소피는 도무지 무슨 소리인지 알아들을 수가 없었다.

"그게 누군데?"

마테오는 한숨을 내쉬었다.

"지붕 위에 사는 다른 친구들."

"지붕 위에 사는 사람은 너 말고는 아무도 없다고 했잖아."

"내가 거짓말했어."

마테오는 소피의 마음을 들여다보는 듯 오랫동안 소피를 바라보았다. 그러고는 물었다.

"너, 헤엄칠 수 있지?"

하늘을 달리다

이틀 뒤, 소피는 초조하게 옷을 만지작거리면서 튈르리 공원 벤치에 앉아 있었다. 소피의 심장은 벌새처럼 파닥거렸다. 마테오는 소피에게 땅거미가 질 때 공원에서 기다리라고 했다.

"내가 신호를 보냈어. 아마 그 애들이 올 거야. 안 올 수도 있고."

"그 애들이 누군데?"

소피는 물이 든 냄비 안에 달팽이를 넣고 벅벅 문질러 진흙을 벗겨 내는 마테오를 지켜보았다. 하지만 마테오는 소피를 쳐다보지 않았다. 소피는 점점 가슴이 답답해졌다.

"얼마나 기다려?"

"땅거미가 지고 나서부터 4시간 정도."

"4시간?"

"어쩌면 5시간."

"5시간?"

"기다리는 것도 훈련이야. 너는 기다리는 법을 배워야 해."

마테오는 깨끗이 닦은 달팽이를 뒤집어서 불 앞에 한 줄로 늘어놓았다. 껍데기가 알록달록한 달팽이가 열한 개였다. 달팽이는 소피가 알던 것보다 아름다웠다.

마테오가 말했다.

"그것은 첼로를 연주하는 것과 같아."

"아냐. 그렇지 않아."

"너한테 도움이 될 거야."

"아저씨에겐 뭐라고 말하지? 절대 거리에 나가면 안 된다고 했단 말이야. 붙잡힐지도 몰라."

붙잡힌다는 말은 소피를 오싹하게 만들었다.

"무슨 말이든 해. 아무 말도 하지 말든지. 그건 중요하지 않아. 그리고 어두워서 별일 없을 거야."

하지만 마테오는 자신을 가장 사랑하는 사람에게 거짓말해야 하는 것이 어떤 것인지 절대 알지 못했다.

소피는 찰스에게 아무 말도 하지 않기로 마음먹었다. 거짓말하는 것보다 그것이 나을 것 같았다. 머리에는 스카프를 두르기로 했다. 그들이 찾는 건 내 불꽃색 머리카락이야. 좀 더 뚱뚱해 보이도록 옷을 여러 겹으로 껴입을까. 키가 작아 보이도록 구부정하게 걸을까. 이런저런 생각들이 소피를 괴롭혔다.

"너도 나랑 같이 있어 줄 수 있어?"

소피를 쳐다보는 마테오의 표정은 마치 소피가 털을 뽑지 않은 비둘기를 먹으라고 강요한 것 같았다.

"나는 땅에 내려가지 않아. 영원히."

"그러면 호텔 지붕이나 여기 법원 지붕에서 만나면 안 돼? 난 길을 잃어버릴 거야. 아니면 붙잡히든가. 부탁해, 마테오. 파리의 경찰은 인정사정없어 보여."

"농. 그 애들은 지붕을 별로 좋아하지 않아. 탁 트인 공간을 더 좋아해."

"무슨 뜻이야? 그 애들은 너와 같은 애들이라고 했잖아."

"맞아. 비슷해."

"자세히 설명 좀 해 줘."

마테오는 어깨를 으쓱하며 달팽이를 물이 끓고 있는 냄비 안으로 던졌다.

"누가 비밀을 얘기할지는 알 수 없어. 가장 안전해 보이는 사람들이 가장 위험할 수 있거든."

"너는 내가 비밀을 퍼뜨릴 거라고 생각해?"

마테오는 얼굴을 찡그리며 말했다.

"괜찮을 거야. 너는 그 애들을 무사히 만나게 될 거야."

소피는 결국 대답을 듣지 못한 채 호텔로 돌아왔다.

호텔 밖으로 나가기는 쉽지 않았다. 소피는 해 질 녘까지 기다렸다가 지붕으로 올라갔다. 그리고 홈통을 타고 내려갔다. 나가기 전에 소피는 찰스의 방문 아래에 쪽지를 남겼다.

일찍 자러 가요. 깨우지 마세요.
사랑하는 소피가

소피는 찰스가 자신이 나간 것을 알게 될지 모른다는 걱정에 마음을 졸였다. 제복을 입은 사람들이 지나갈 때마다 깜짝 놀라 입술을 물어뜯었다. 소피는 경찰에 대한 생각을 떨칠 수 있는 뭔가를 찾았다. 하지만 날이 어두워지면서 공원은 텅 비어 갔다. 꽃을 딸 수 없다면 지루하기만 한 꽃밭, 참새들, 소피가 저녁 식사로 준비한 벤치 위의 치즈 롤빵뿐이었다. 소피는 롤빵 귀퉁이를 떼어 참새들에게 던져 주었다. 그때, 소피 뒤에서 목소리가 말했다.

"소용없는 일이야. 여기 참새들은 크루아상만 먹어."

소피는 홱 뒤돌아보았다.

여자아이가 벤치 등받이에 걸터앉아 있었다. 여자아이의 금빛 머리카락이 소피의 코앞에서 찰랑거렸다. 하지만 소피는 바스락 소리도 듣지 못했다.

"너……, 언제 온 거야? 굉장하다."

여자아이가 빙긋 웃으며 말했다.

"안녕? 네가 소피구나."

여자아이는 소피 옆으로 미끄러지듯 내려앉았다.

"이 공원 새들은 너무 버릇이 없어. 초콜릿 빵만 먹는 비둘기도 있어."

여자아이는 소피에게서 빵을 가져갔다. 그리고 참새들에게 던져 주는 대신 한 입 베어 물었다.

"와, 맛있다. 최고야. 몇 주일 동안 빵을 못 먹었거든."

"그거 좀 묵은 빵이야."

소피는 더 나은 말을 떠올리지 못했다. 여자아이는 아무렇지 않은 듯 빵을 핥아 축축하게 만들었다.

"묵었다는 말은 오래되었다는 뜻이지? 오래된 것은 현명해. 이건 현명한 빵이야. 이쪽은 사피, 내 동생이야. 인사해, 사피."

소피는 깜짝 놀라 자리에서 펄쩍 뛰었다. 머리카락이 검은 여자아이가 벤치에 기대앉아 있었다.

"하지만 어떻게……. 나는 아무 소리도 듣지 못했어."

첫 번째 여자아이가 대수롭지 않다는 듯 어깨를 으쓱했다.

"연습."

두 번째 여자아이는 아무 말 없이 다가와서 동그랗게 몸을 말고 언니의 무릎에 기대앉았다.

공원 시계가 울리자, 관리인이 가로등에 불을 켜기 시작했다. 그제야 소피는 여자아이들을 똑똑히 볼 수 있었다.

둘 다 키가 작고 지저분했다. 금빛 머리 여자아이는 면 드레스를 입고 있었다. 녹갈색을 띠었지만 바늘땀으로 미루어 보아 한때는 하얀색이었을 거라고 소피는 짐작했다. 마치 누군가 일부러 풀을 짓이겨 물들인 옷처럼 보였다. 치맛단에는 딱정벌레가 매달려 있었다. 그런데 어찌된 일인지 여자아이는 면 드레스를 최고급 중국산 비단처럼 보이게 했다.

"나는 아나스타샤야."

금빛 머리 여자아이가 말했다. 억양이 좀 특이했다. 프랑스 어이지만 모음에 특이한 비음이 섞여 있었다. 여자아이는 마치 자신이 주인인 듯 양팔을 벌리며 말했다.

"파리에 온 걸 환영해."

"고마워. 나는 소피야."

"응. 알고 있어."

아나스타샤는 동생의 팔에 손을 올리며 말했다.

"사피도 환영한대."

검은 머리 여자아이는 많은 일을 겪은 듯한 얼굴에 아무 일에도 신경 쓰지 않는 듯한 표정이었다. 여자아이는 남자아이 셔츠에 흘러내리지 않게 허리를 줄자로 묶은 긴바지를 입었다. 한쪽 뺨에는 뭔가 끈적거리는 액체가 묻어 있었다. 피 같기도 하고, 아닌 것 같기도 했다.

여자아이들은 둘 다 지저분했지만 아름다웠다. 소피는 은근히 샘이 났다.

아나스타샤가 미소를 지으며 말했다.

"마테오가 너는 알아보기 쉬울 거라고 했어. 촛불 색깔 눈을 찾으면 된다고."

"마테오가 너한테 그랬어?"

"당연하지. 그럼 누가 말했겠어?"

소피는 눈을 가늘게 떴다.

"어떻게 마테오랑 얘기를 해?"

"우리는 신호를 보내. 촛불로. 그러니까 모스 부호 같은 거야."

아나스타샤는 자리에서 벌떡 일어나서 소피 주위를 돌면서 이리저리 살폈다. 무례해 보이지 않을까 걱정하는 기색도 없었다. 소피는 쑥스러웠지만 아무렇지 않은 듯한 표정을 지어 보였다.

아나스타샤가 말했다.

"마테오가 말하던 대로구나. 마테오가 너에 대해 꽤 많이 얘기했거든."

옆에 있던 사피는 눈살을 찌푸리더니 더 굳게 입을 닫았다. 왠지 모르게 소피의 얼굴이 붉어졌다.

"마테오가 나에 대해 뭐라고 했어?"

아나스타샤는 고개를 저었다.

"그건 비밀이야."

소피는 바보가 된 기분이었다. 그래서 심통이 난 얼굴로 바닥을 내려다보았다.

아나스타샤가 웃으며 소피를 달랬다.

"모두 흥미로웠어. 그리고 대부분 좋은 얘기였어."

사피가 고개를 끄덕였다. 소피는 애써 웃어 보였다.

"사피는 너를 만나서 매우 신 나고 들떠 있어."

정말이라면 사피는 마음을 잘 숨기는 아이라고 소피는 생각했다.

"마테오는 그다지 사람들을 좋아하지 않아. 그래서 마테오가 누굴 좋아하는 건 대단한 일이야."

소피는 얼굴이 달아올랐다. 그래서 머리카락으로 얼굴을 감추고 뭔가 할 말을 떠올리려고 했다.

"뭐 좀 물어봐도 돼? 너희들은 프랑스 사람이지?"

"비브 라 프랑스!"

아나스타샤는 프랑스 어로 대답했고, 사피는 자신의 가슴을 두드렸다.

"그런데 어떻게 영어를 배웠어?"

"미국 관광객들한테."

"정말?"

소피는 전혀 예상하지 못했다.

"와, 참 친절한 사람들이구나."

"미국인들은 자신들이 그렇게 한다는 걸 몰라. 그냥 공원에 있는 카페에서 식사를 하고 벤치에 앉아서 끝도 없이 얘기를 하지."

"그리고 너희는 벤치 가까이에 앉아 있고?"

"농, 아니지! 그러면 공원 관리인들이 우리를 알아챌 거야. 우리는 나무 위에 앉아 있어. 그러면 절대 아무도 우리를 못 봐. 미국인들은 사물을 보는 재주가 별로 없거든."

"그래?"

소피는 한 번도 미국인을 만난 적이 없었다.

"어른들은 대체로 그래. 아이들은 눈이 빠르지만. 너도 아이들을 조심해야 해. 우리는 러시아 어도 할 줄 알아. 이탈리아 어랑 스페인 어도. 어느 것이 어느 나라 말인지는 확실히 모르지만 말할 줄은 알아. 마테오는 독일어도 해. 하지만 못하는 척을 더 잘하지."

"너희는 자매야?"

"응. 사피가 동생일 거야. 나는 저 애가 없던 때를 기억할 수 있어. 하지만 사피는 내가 없던 때를 기억하지 못해."

소피는 무척 놀랐다.

"그래서 사피가 동생인 거 같다고? 너희는 몇 살이야?"

아나스타샤는 고개를 저었다.

"농. 우린 엄마가 있었던 기억이 없어. 마테오도 마찬가지야. 마테오는 자기가 14살이라고 얘기하지만 매년 한 살씩 더해야 하는 걸 잊어버려."

아나스타샤는 다시 소피를 아래위로 쳐다보았다. 아나스타샤 얼굴에는 가정에서 자란 아이들한테서 한 번도 본 적이 없는 솔직함이 있었다. 그리고 겁이 없어 보였다.

"너는 몇 살이야? 우리는 키가 비슷한 것 같아."

소피는 고개를 저었다.

"나이는 그런 식으로 정하는 게 아니야. 나는 또래에 비해 큰 편이야. 내가 보기에 넌 13살쯤으로 보여."

"좋아. 그럼 나는 13살로 할래. 그럼 사피는?"

"11살? 아니면 10살?"

"10살로 하자. 나는 조금이라도 더 언니인 게 좋아."

아나스타샤는 손톱 밑에 바닷말 같은 초록색 때가 낀 아이가 아니라 생일잔치의 주인공처럼 옷을 매만지며 말했다.

"내 드레스를 이해해 줘. 원래는 아주 멋진 하얀 비단옷이었어. 내가 쓰레기통에서 찾아냈어. 파리에서는 사람들이 물건을 너무 많이 버려. 하지만 안전하길 원한다면 하얀색을 입어선 안 돼. 그래서 일부러 얼룩지게 했어. 그것으로. 음……, 그게 뭐더라?"

"페인트? 풀?"

"초록색 먼지 같은 건데 나무를 덮고 있는 거야. 나무 가루분이라고 해야 하나? 뭔지 알겠어?"

"응. 네가 뭘 말하는지 알아. 벚나무에는 하얀 것도 있어. 내 보호자인 찰스 아저씨는 그것을 야생 페인트라고 불렀어. 나도 진짜 이름은 모르겠어."

소피는 자신의 크림색 스웨터를 내려다보았다.

"내 옷은 괜찮을까?"

"바지는 좋아. 하지만 윗옷은…….."

아나스타샤가 고개를 갸웃거렸다. 하지만 곧바로 고개를 저으며 말했다.

"아니, 아무래도 안 되겠어. 흰색과 노란색은 밤에 가장 잘 보이는 색이야. 크림색과 핑크는 '나를 보세요.'라고 씌어 있는 표지판을 든 거나 마찬가지야. 그런 색깔은 관심을 받고 싶어 하는 사람들이 입는 거야."

소피는 동의할 수 없었다. 소피의 크림색 스웨터는 굵은 실로 비뚤비뚤하게 뜬 평범한 옷이었다. 소피는 관심을 끌고 싶다는 생각은 해 본 적이 없었다. 소피는 자신을 방어하듯 가슴 앞에서 팔짱을 꼈다.

아나스타샤가 웃었다.

"물론 네 스웨터는 아주 좋아. 기분 나빠하지 마. 하지만 사람들한테 잡히고 싶지 않다면 눈길을 끌지 않도록 해야 해. 그 대신 우리는 하늘을 가지고 있어. 알겠어?"

소피는 애매하게 끄덕거렸다.

"응. 아니, 조금."

아나스타샤는 물끄러미 소피를 바라보았다.

"사실은 잘 모르겠어. 나는 네가 어떻게 하늘을 가지고 있는지 모르겠어."

"그 누구보다도 하늘은 우리에게 속해 있어."

아나스타샤가 말했다. 그것은 마테오가 지붕에 대해 했던 말과 비슷했다.

"어떻게? 어떤 식으로?"

사피가 소피의 팔목을 가볍게 두드리고는 자신의 양팔을 문질렀다. 그리고 구름을 가리켰다.

아나스타샤가 웃으며 말했다.

"사피가 우리는 어느 누구보다 하늘 가까이에 살기 때문이래. 너한테 올려다보라고 말하는 거야."

소피의 눈이 사피의 손가락 끝이 가리키는 곳으로 향했다. 공원에서 가장 키 큰 나무 꼭대기 잎사귀들 사이에 해먹 두 개가 매달려 있었다. 소피는 기우는 해를 피해 눈을 가렸다. 해먹은 녹갈색으로, 자루를 엮어서 만든 것처럼 보였다. 어디를 보라고 알려 주지 않았다면, 소피는 절대 해먹을 발견하지 못했을 것이다.

"강가에 떠밀려 올라온 돛으로 만들었어."

아나스타샤가 자랑스럽게 해먹을 올려다보았다.

"그전에는 불타 버린 극장의 커튼으로 만든 해먹이었어. 하지만 돛으로 만든 해먹이 훨씬 나아. 천이 매우 질기거든. 우리는 그걸 오징어 먹물로 물들였어."

아나스타샤의 얼굴은 자부심으로 빛났다. 마치 소피에게 자신의 왕국을 보여 주는 것 같았다.

"담요는 자루를 이용해. 제대로 따뜻하게 만들려면 여섯 개 정도가 필요해. 여름에는 필요 없어서 오페라 하우스의 지붕 위에 숨겨놔. 아무도 훔쳐 가지 못하도록."

"누가 자루를 훔쳐 가는데?"

소피가 물었다.

"다른 아이들. 그건 내 생각이야."

해먹이 바람에 아주 살짝 평화롭게 흔들렸다. 소피는 아나스타샤가 부럽다는 생각이 들었다.

"마테오는 지붕 위에 사는 아이야. 하지만 우리는 지붕보다 나무에서 더 잘 지내. 우리는 나무 위에 사는 아이들이야. 그리고 기차역 지붕에 사는 남자아이들이 있어. 기차역을 프랑스 어로 '갸르'라고 해. 그래서 우리는 그 애들을 '갸리어'라고 불러. 갸리어들은 도둑질하고, 남을 속이고, 칼로 베기도 해."

아나스타샤는 얼굴을 찌푸렸다.

"베다니, 뭘?"

"다른 아이들이지. 때때로 서로를 베기도 해. 마테오도 한 번 당했어."

"그런데 왜 이렇게 살아? 내 말은, 너희 해먹은 정말 멋져. 하지만 비에 젖지 않아? 그리고 배고프지 않아? 씻는 건 어떻게 해? 화장실은? 틀림없이 힘든 생활일 거야."

아나스타샤의 눈이 소피의 눈에서 머리 위 허공으로 옮겨 갔다. 얼굴에는 살짝 그늘이 드리워졌다.

"나무 안에는 우리를 가둘 수 없으니까. 당쎄르 뒤 씨엘, 하늘의 춤꾼. 우리처럼 밖에서 사는 아이들을 부르는 말이야. 소피, 우리는 노숙자가 아니야. 우리는 거리에서 살지 않거든. 거리에서 살면 그냥 거리의 아이들이야. 그건 좋지 않아. 거리는 집이 될 수 없어. 왜냐하면 항상 다른 사람들이 이용하니까. 집은 나만의 공간이어야 하잖아. 나무는 우리만의 집이야. 사피와 나, 우리는 하늘을 달리는 아이들이야. 알겠어?"

소피는 이해했다는 듯 크게 고개를 끄덕이고는 말머리를 돌렸다.

"아나스타샤, 출발하기 전에 내 스웨터를 얼룩지게 할까?

그런데 사피가 하늘을 흘깃 올려다보더니 고개를 저었다. 사피는 자신의 가슴을 가리켰다. 아나스타샤가 사피한테 고개를 끄덕였다.

"사피가 아니래. 시간이 별로 없대. 네가 우리랑 함께 가길 원한다면 사피의 스웨터를 빌려 주겠대. 나폴레옹 조각상 옆에 있는 떡갈나무에 보관해 둔 게 있거든."

"저 떡갈나무?"

떡갈나무는 밑동 너비가 2미터 가까이 되는 거대한 나무 기둥이었다.

"사피가 저기를 오를 수 있어?"

"응. 우리 둘 다 할 수 있어. 나는 스카프와 장갑을 삼나무 구멍 안에 넣어 두었어. 우리는 물건들을 여기저기 흩어 놓거든. 하늘의 춤꾼들은 모두 그렇게 해. 누가 하나를 가져가도 다른 것이 남아 있도록."

아나스타샤는 소피의 스웨터를 다시 쳐다보았다.

"사피의 스웨터는 회색이야. 그게 더 낫겠어. 우리가 가는 곳은 주위가 온통 회색이거든."

"고마워. 하지만 너 괜찮겠어? 내 말은……, 고맙다고."

소피가 사피의 뺨에 난 자국을 쳐다보며 걱정스레 말했다.

"사피가 지금 올라가서 가져올 거야."

그런데 아나스타샤와 사피가 잠시 망설이는 것 같았다. 그러다가 아나스타샤가 말했다.

"소피, 그 대신 네 스웨터를 사피에게 줘야 해."

"아, 물론이지. 미안."

소피는 얼굴이 새빨개져서 허둥지둥 스웨터를 벗으며 사과했다. 하지만 소피의 목소리는 털실 스웨터에 묻혀 버렸다.

사피가 소피의 스웨터를 안고 재빨리 달려가자, 소피는 용기를 내어 물었다.

"사피는 말을 할 줄 알아?"

"그럼! 가끔씩 하지. 그렇지만 다른 사람들이 있을 때는 안 해."

소피는 이해한 것처럼 보이려고 고개를 끄덕였다.

"사피는 늘 저래?"

아나스타샤는 사피가 모욕을 당한 것인지 아닌지 잠시 생각하는 듯했다. 그러고는 차분히 입을 열었다.

"소피, 하늘을 걷는 우리들은 너희들과 달라. 세상 사람들은 자신과 다르면 이상하다고 생각하지."

소피는 아나스타샤의 말이 무슨 말인지 이해가 갔다. 그것은 전에 소피가 사람들에게 늘 느끼던 불만이었다.

"세상 모든 사람들은 자신 속에 이상함을 가지고 있다고 생각해. 단지, 그것을 유지할 것인지 아닌지 결정할 뿐이야."

"맞아. 나도 그렇게 생각해."

소피와 아나스타샤는 주위를 살피는 사피를 보았다. 사피는 주위를 둘러보고 나서 떡갈나무를 향해 맹렬히 달렸다. 떡갈나무에는 낮은 나뭇가지가 없어서 사피는 무릎을 바싹 갖다 대고는 손톱을 나무에 박아 넣었다. 10초 뒤, 사피는 잎사귀들 사이로 사라졌다.

소피는 놀라운 광경에 머리가 어질어질했다.

"어떻게 저렇게 할 수 있어?"

"연습."

해가 거의 저물었다. 소피는 무릎을 감싸 안았다. 몸이 덜덜 떨렸다. 해 질 녘은 질문을 하기에 알맞은 순간인 것 같았다. 소피가 조심스럽게 물었다.

"아나스타샤, 그런데 우리 어디 가는 거야?"

"마테오가 얘기 안 했어?"

"마테오는 나에게 얘기를 많이 안 해. 무슨 생각을 하는지 짐작하기도 어려워."

"아, 무슨 말인지 알겠어! 사피도 그래, 고양이처럼. 우리는 누굴 만나러 갈 거야. 기차역으로. 우리는 여러 명이 필요하거든."

"그 애는 강에 살아?"

"왜?"

"마테오가 나에게 헤엄을 칠 수 있는지 물었어."

"아! 우리가 만날 애는 수영을 못해. 그리고 항상 돈을 원해."

"우리가 어디서 돈을 구해? 그리고 돈이랑 그 애가 수영을 못하는 거랑 무슨 상관이야?"

"곧 알게 될 거야."

"돈이 필요하면 구걸을 하지 않아? 나는 거리에서 구걸하는 아이들을 본 적이 있어."

"당연히 아니지!"

아나스타샤가 소피를 노려보았다. 그리고 벤치 쪽으로 조금 옮겨 갔다.

"내가 말했잖아. 우리는 거리의 아이들이 아니라고. 구걸은 시시하고 바보 같은 짓이야. 위험하고. 우리는 보통 사람들처럼 음식을 사. 다만 대부분 밤에 가판대에서 사지. 왜냐하면……,"

아나스타샤는 손을 들어 올렸다. 손이 온통 굳은살로 두껍게 덮여 있었다.

"내 손이 너무 인상적이기 때문이야. 인상적이라는 건 우리에게 위험해. 하지만 나무를 기어오르기 위해서는 이런 손이 필요해. 장갑을 낀 효과가 있거든. 그리고 사피는 가판대 가까이에 가지 않으려고 해."

"왜? 무슨 문제가 있어?"

"아니, 전혀."

아나스타샤는 어깨를 으쓱했다.

"사피는 마테오와 비슷할 뿐이야. 사피는 자기 삶에서 너무 많은 사람들을 원하지 않아. 세상에 오직 자기와 나뿐이면 좋겠다고 생각해."

소피는 그 마음을 알 것 같았다. 그때, 누군가 뒤에서 어깨를 톡톡 두드렸다. 사피가 회색 누더기를 가슴에 끌어안고 서 있었다.

"깜짝이야. 놀라서 혀 깨물었잖아."

소피가 소리쳤다. 아나스타샤가 웃었다. 사피도 입술 주위를 실룩거렸다.

"가자. 해가 지고 30분 뒤에 마테오를 만나기로 했어."

"어디에서?"

"멀지 않아. 퐁 드 생트 바르바라에서."

아나스타샤는 소피의 손을 잡았다.

"너도 좋아할 거야. 정말 아름다운 다리야. 소피 너랑 비슷해."

소원을 비는 동전

　다리는 정말 아름다웠다. 훌륭한 작품이었다. 난간은 금으로 칠해졌고, 양쪽 끝에는 비둘기들이 쉬고 있었다. 소피는 다리가 자신보다 아름답다는 생각이 들었다.

　소피와 아나스타샤와 사피는 돌계단을 달려 내려가 다리 아래에 멈춰 섰다. 마테오는 어디에도 보이지 않았다.

　"마테오가 정말 기다리겠다고 했어?"

　"아마 여기 어딘가에 있을 거야."

　아나스타샤는 휘파람을 불었다. 그리 잘 불지는 않았다. 마테오가 밧줄 위에서 불던 휘파람과 같은 음이었다. 마테오는 여전히 보이지 않았다.

　"네가 해 봐. 마테오가 네가 휘파람을 잘 분다고 했어."

　소피는 아나스타샤의 입술 모양을 따라 휘파람을 불었다. 더 크고 날카롭게, 여러 차례.

"계속해 봐."

소피는 입술이 부르르 떨리고 귀가 아플 때까지 휘파람을 불었다. 소피가 막 포기하려던 참에 쿵 소리가 났다. 그리고 마테오가 나타났다.

"봉수아!"

마테오는 다리 난간 위에 앉아서 인사를 했다.

"준비됐어?"

"무슨 준비? 아무 말도 안 해 줬잖아. 그리고 목소리 좀 낮춰."

소피가 화난 소리로 낮게 말했다.

"말하면 네가 오지 않을 것 같았어. 먼저 신발을 벗어."

소피는 신발 끈을 풀려고 몸을 구부렸다.

"내가 왜 안 와?"

"왜냐하면 물이 엄청 차갑거든. 동상에 걸린 채로 수영하는 거랑 비슷해. 우리는 강에서 체질을 할 거야."

마테오가 천연덕스럽게 말했다.

"강에서 체질을 한다고?"

소피는 손에 신발 한 짝을 든 채 동작을 멈췄다.

"동전 줍기 잠수야. 돈이 꼭 필요하면 여기에서 동전을 모아. 때때로 결혼반지를 줍기도 해. 어른들은 강에 반지를 던져. 왜 그러는지는 나도 모르겠어. 어쨌든 가끔씩 주운 반지를 팔기도 해."

마테오가 어깨를 으쓱했다.

"하지만 동전은 사람들의 기도잖아! 그건 사람들의 소원을 훔치는 거라고!"

소피를 바라보는 마테오의 표정은 딱딱해서 살짝만 부딪혀도 깨질 것 같았다.

"소원을 비는 데 낭비할 돈이 있다면, 그건 그 돈이 필요한 사람만큼은 소원이 절박하지 않은 거야."

마테오는 난간 위에 발가락으로 섰다. 그리고 나무랄 데 없는 자세로 강에 뛰어들었다. 소피는 강가에 서서 기다렸다. 2분쯤 지나서 물 밖으로 마테오의 머리가 나왔다. 마테오는 물가로 헤엄쳐 와서 소피의 발 앞에 동전 한 줌을 떨어뜨렸다.

"너 헤엄칠 줄 안다고 했지? 사피와 아나스타샤는 잘 못해."

"그래, 할 수 있어. 하지만 네가 왜 물어봤는지 알았다면 할 수 있다고 말하지 않았을 거야."

소피는 강가에 쭈그리고 앉았다. 별빛이 강물 위를 비추고 있었다. 강물은 암청색이어서 뭔가 비밀스러워 보였다. 소피는 자신의 모습이 강물에 비쳐 보일 때까지 고개를 수그렸다. 물에 비친 자신의 모습도 비밀스럽고 아름다워 보였다.

소피는 강물에 한쪽 발을 담갔다.

"어머나, 마테오!"

소피는 깜짝 놀라 발가락이 오그라들었다. 물이 얼음장 같았다.

"어서 들어와. 저쪽에 많아. 우리가 남겨 두면 갸리어들이 다 가져 갈 거야. 나머지 신발 한 짝도 벗어. 그리고 좀 조용히 해."

"그러려고 했어!"

소피는 신발과 바지와 스웨터를 벗어서 다리 아래 구석에 밀어 넣었다. 마테오를 한 번 쏘아보고는 물속으로 뛰어들었다. 물보라가 조금 일었지만 제법 잘했다고 생각했다.

"으악, 얼어 버리겠어!"

강물이 소피를 걸머잡자 숨이 턱 막히고 구역질이 났다. 소피는 침을 퉤 뱉었다.

"넌 물소 소리를 내는구나. 이쪽으로 와. 센 물살이 동전을 왼쪽으로 옮겨 놨어."

마테오가 선헤엄을 치며 말했다. 마테오 머리가 다시 물속으로 들어갔다. 소피는 언 발을 차며 마테오가 나오기를 기다렸다.

"마테오! 나는 네가 뭔가를 말해 줄 때까지 꼼짝하지 않을 거야."

"나는 지금 물속에서 꽁꽁 얼고 있어, 소피. 지금은 그럴 상황이 아니야."

"기차역 지붕에 사는 남자애들 말야, 그 애들은 뭐가 문제야?"

마테오는 어깨를 으쓱했다. 선헤엄을 치면서 하기에는 쉽지 않은 동작이었다.

"그 애들은 더러워."

소피는 자기도 모르게 누더기를 걸치고 둑 위에 서 있는 아나스타샤와 사피에게로 향하는 눈길을 붙잡으려고 했다. 하지만 마테오가 눈치챘다는 걸 소피는 알았다. 소피는 몹시 짜증스러웠다.

"좋은 더러움이 있고 나쁜 더러움이 있어. 갸리어들은 나쁘게 더러워."

마테오가 소피의 마음을 읽은 듯 말했다.

"좋은 더러움은 뭔데?"

소피가 물었다.

"즈 느 세 빠."

마테오는 소피가 질문할 때마다 그랬던 것처럼 얼굴을 찌푸렸다.

"마테오도 모른대."

아나스타샤가 소리쳤다. 강둑에서 다 듣고 있던 모양이었다.

"나는 좋은 더러움은 흙이라고 생각해. 지붕 위의 먼지도."

사피가 손짓으로 신호를 보냈다. 아나스타샤가 덧붙였다.

"사피는 나무의 먼지래."

마테오도 말했다.

"돌다리 위에 손을 짚고 달릴 때 묻는 모래도 좋은 더러움이야. 하지만 나쁜 더러움은 말라붙은 피야. 냄새나는 하수구와 흐린 날의 굴뚝 먼지도."

"굴뚝 먼지는 보통 때는 그렇게 나쁘지 않아. 바람이 없거나 공기가 축축할 때 얼굴에 들러붙지."

아나스타샤가 말했다.

소피도 알고 있었다. 마테오가 다른 아이들보다 코를 훨씬 자주 후빈다는 걸, 스모그가 심한 날에는 콧물이 까맣다는 것도.

"비둘기 기름. 비둘기 기름은 나쁜 더러움이야."

아나스타샤가 얼굴을 찡그렸다.

"농! 아냐. 비둘기 기름은 좋은 더러움이야."

마테오는 몸을 돌려 다시 헤엄쳐 나갔다.

아나스타샤는 소피와 의미 있는 눈길을 주고받은 뒤 말했다.

"그래, 아주 조금은 괜찮을지도 몰라. 아물지 않은 상처에서 나는 것 같은 냄새가 좀 나긴 하지만 말야. 어쨌든, 갸리어들은 단지 더러운 게 아냐. 몹시 잔인해. 마치 동물처럼."

소피는 동물이라는 말에 대해 생각했다. 소피는 마테오한테서 고양이나 여우를 닮았다는 느낌을 받았다. 아나스타샤와 사피는 재빠른 원숭이 같았다.

"동물 같은 게 나쁜 거야?"

"너 미친 개 본 적 있어? 그 애들 눈에는 잔인함이 있어."

"그 애들이 물어?"

소피는 두 소녀가 웃을 거라고 생각했다. 하지만 둘은 말없이 소피를 물끄러미 바라보았다. 누구도 웃지 않았다. 마침내 사피가 고개를 끄덕였다.

마테오가 헐떡이면서 소피 옆에 불쑥 나타났다.

"응. 그 애들은 물어. 얼른 이리 와. 내 이가 모두 얼어서 부서져 버리기 전에.”

마테오가 데려간 곳은 물살이 약해서 헤엄치기에 쉬웠다. 하지만 물이 탁한 데다 어두워서 동전을 찾는다는 건 거의 불가능했다. 소피는 손으로 강바닥을 더듬으면서 동전을 찾았다. 그리고 동전이 한 손에 가득 찰 때마다 강가로 헤엄쳐 나갔다. 여섯 번인가 일곱 번을 그렇게 하고 난 뒤, 자기가 쌓아 놓은 동전 더미가 마테오 것보다 두 배나 되는 것을 발견하고 흐뭇해했다.

“아야, 그건 내 손가락이야.”

소피가 아파하자, 마테오가 쑥스러운 듯 말했다.

“미안. 어느 게 돌이고 동전인지 잘 모르겠어.”

아나스타샤가 3프랑도 넘게 모았다고 외치자, 마테오는 그만 물에서 나가자고 했다. 마테오와 소피는 강가를 향해 경주하듯이 헤엄쳤다. 소피가 빨랐다. 그런데 소피가 막 가장자리로 손을 뻗는 순간, 마테오가 소피의 머리를 물속에 처박았다.

“반칙이야! 너는 치사한 사기꾼이야.”

소피는 침을 뱉으면서 말했다.

“속임수가 아냐. 그건 결투야. 결투는 속임수랑 달라.”

아나스타샤가 소피를 물에서 끌어 올린 뒤, 초콜릿을 먹였다.

마테오는 계속해서 물속에 머물렀다. 아나스타샤는 마테오에게도 초콜릿을 내밀었고, 마테오는 선헤엄을 치면서 먹었다.

“고마워.”

소피한테서 쉰 목소리가 나왔다.

"헤엄치고 나면 늘 목이 말라. 강물을 마셔도 될까?"

"안 돼! 쥐가 옮기는 병에 걸려. 웬만한 것에는 다 면역력을 갖고 있는 마테오도 강물은 안 마셔. 대성당에 도착하면 마실 물이 있을 거야."

"그 대성당?"

소피는 스웨터를 입었다. 젖은 발도 신발 속으로 밀어 넣었다.

"물론이지, 그 대성당. 우리는 마테오를 거기서 만날 거야."

"거기서 누굴 만난다고? 마테오는 지금 여기……."

소피는 고개를 돌렸다. 그사이 마테오는 사라지고 없었다.

"마테오는 강을 따라가다가 나무를 탈 거야."

사피가 소리 없이 소피에게 다가오더니 소피의 머리카락을 정리해 주고 물풀을 떼 주었다. 그리고 소피의 머리에 스카프를 둘러 주었다.

"어머, 내 머리카락을 깜빡 잊고 있었어! 어쩌면 이렇게 바보 같을 수가 있지. 고마워."

소피는 갑작스런 공포에 휩싸여서 스카프를 귀까지 세게 잡아당겼다.

사피는 쑥스러운 듯 미소를 짓더니 얼굴이 자줏빛으로 물들었다. 그리고 계단을 쏜살같이 달려 올라가 도로에 늘어선 나무의 잎사귀들 속으로 사라졌다.

소피가 걱정스럽게 물었다.

"사피, 괜찮을까?"

아나스타샤는 동전들을 모아 주머니에 넣으며 대답했다.

"물론이지. 사피도 나무를 타고 갈 거야. 노트르담에 도착할 무렵이면 너도 다 마를 거야. 뛰자!"

지붕 위의 아이들

어두운 거리는 세상에서 이야기를 나누기에 가장 좋은 장소다. 소피와 아나스타샤는 빠르게 걷기 시작했다. 그 덕에 소피는 춥지 않았다. 아나스타샤는 낮게 콧노래를 흥얼거렸다. 소피는 마테오가 주위에 없다는 확신이 들 때까지 기다렸다가 입을 열었다.

"아나스타샤, 지금 내가 뭘 물어볼 건데 마테오한테는 비밀로 해 줄래?"

"글쎄, 어쨌든 노력해 볼게. 뭔데?"

"걔리어……, 그 기차역 남자애들 말이야. 마테오는 그 애들을 왜 그렇게 미워해? 그 애들 얘기를 할 때면 마테오는 마음이 텅 비는 것 같아."

"음, 내가 너에게 얘기해 줘도 될지 모르겠어."

"얘기해 줘. 부탁이야. 그 애들 얘기가 나올 때마다 마테오의 얼굴이 너무 험악해져서 겁이 나."

아나스타샤는 손톱으로 다리 위 쇠 난간을 쓸며 음악을 연주했다. 잠깐 생각에 빠진 듯했다.

"갸리어들은 자기들 말고는 지붕에 어느 누구도 살기를 원하지 않았어. 그래서 사피와 나는 나무로 옮겨 갔어. 나무가 더 좋았거든. 하지만 마테오는 지붕에 사는 것을 좋아했어. 지붕은……."

아나스타샤는 말을 멈추고 얼굴을 찡긋했다.

"이건 너무 시적으로 들릴지 모르지만, 지붕은 마테오가 가진 전부야. 마테오는 갸리어들에게 항복하지 않았어."

"그래서 어떻게 됐어?"

"이긴 쪽은 없어. 갸리어들은 물었고……."

"물었다고, 뭘?"

소피가 아나스타샤를 뚫어지게 쳐다보았다.

"마테오는 손가락 끝을 잃었어. 갸리어는 손을 잃었고. 너, 마테오의 배에 있는 흉터 본 적 있어?"

"마테오가 풍향계 위로 떨어졌다고 했어."

"마테오가 거짓말한 거야. 마테오는 거의 죽을 뻔했어. 그래서 치료를 받으러 고아원으로 가야 했어. 그 일에 대해선 알지? 그 뒤로 마테오는 절대 기차역 근처엔 가지 않아. 잡힐까 봐 땅에도 절대 내려가지 않지."

아나스타샤는 말을 멈추고 소피의 팔을 잡았다.

"멈춰. 거의 다 왔어. 마테오는 이 근처에 있을 거야."

별빛에 비친 아나스타샤의 얼굴은 약간 당황한 것 같았다. 아나스타샤는 입술을 깨물었다.

"내가 한 얘기들, 마테오한테 말하지 않겠다고 약속해 줄래?"

"그럼!"

소피가 약속했다. 이내 소피는 밤하늘 속으로 장엄하게 솟은 회색 건물에 정신이 팔렸다.

"이 건물은 뭐야? 여기가 어디야?"

"노트르담이지! 마테오는 저 나무 위에 있어. 보여? 문 옆에."

소피는 마테오를 찾을 수 없었다. 하지만 어느새 도착한 사피는 마테오가 있는 나무 위를 올려다보고 있었다. 대성당 안뜰은 비어 있었다. 아나스타샤가 걸음을 재촉했다.

"가자."

노트르담은 바라보기엔 아름답지만 오르기에는 괴로웠다. 꼭대기까지 오르는 데는 소피가 예상했던 것보다 두 배의 시간이 걸렸다.

마테오가 첫 번째로 도착했고, 사피가 뒤따랐다. 아이들은 소피가 런던의 집을 아는 것만큼이나 그곳을 잘 아는 것 같았다. 마테오와 사피의 손과 발은 1초의 망설임도 없이 잡을 곳과 디딜 곳을 찾았다. 소피는 천천히 뒤따라갔다. 아나스타샤는 소피가 꼼짝 못하고 있을 때마다 발 디딜 곳과 손으로 잡을 수 있는 곳을 알려 주면서 마지막으로 왔다.

소피에게 이제 균형을 잡는 일은 무척 쉬웠다. 하지만 돌을 디디기에 소피의 발은 여전히 부드러웠다. 발에서 피가 조금 흘렀다. 소피는 침으로 발을 문질렀다. 소피는 아이들 앞에서 움츠러들지 않기로 마음먹었다. 힘들 때마다 뺨 안쪽을 깨물었다. 노트르담을 반쯤 올라갔을 때에는 하도 깨물어서 입안이 흐물흐물해졌다. 소피는 두 차례 발을 헛디뎠지만 아무도 눈치채지 못했을 거라고 생각했다.

살면서 대부분의 것들에는 요령이 없지만 균형에는 요령이 있다고 소피는 생각했다. 그것은 무게 중심이 어디인지 알면 된다. 소피의 무게 중심은 위와 콩팥 사이 어디쯤에 있었다. 그것은 갈색의 내장들 사이에 있는 금 덩어리처럼 느껴졌다. 찾기는 어렵지만 한번 찾으면 책에 꽂아 둔 책갈피 같았다. 균형은 또 생각과 관련이 있었다. 소피는 엄마와 음악을 떠올리려고 했다. 그리고 땅으로 떨어지는 두려움을 떠올리지 않으려고 했다.

파리가 아이들 발아래에 고요히 펼쳐졌다. 조각상의 목을 양손으로 감아쥐고 서 있는 소피의 눈에 파리는 은빛으로 빛났다. 가로등이 비추는 강물은 황금빛으로 빛났다.

"정말 아름다워. 강이 이토록 아름다운지 미처 몰랐어."

소피가 눈을 깜박였다.

탑의 아랫부분에 도착했을 때 마테오와 사피는 손톱으로 슬레이트를 긁으며 삼목(아홉 개의 칸 속에 번갈아 O나 X를 그려 세 개의 칸을 연결하는 게임—옮긴이)을 두고 있었다. 둘의 얼굴은 마치 쉬엄쉬엄 계단을 올라온 사람들처럼 편안했다.

"동점."

마테오가 외치며 놀이판을 지웠다.

"소피, 휘파람 불 수 있어? 우리는 투사 제라르를 불러야 해."

"물론이지. 네가 새를 부를 때의 선율?"

세 아이는 소피를 바라보았다. 소피는 아이들의 눈길에 조금 쑥스러웠다.

"그래, 크게 불러. 최대한 크게. 제라르는 아마 잠들었을 거야."

소피는 밧줄 위에서 들었던 음을 휘파람으로 불었다. 얼마 뒤, 똑같은 음이 되돌아왔다. 소피가 불었던 것보다 더 깊고 더 풍부한 소리로.

"저거 메아리야?"

"농. 제라르야."

마테오는 손을 동그랗게 모아 쥐고 부엉, 부엉 우는 소리를 두 번 냈다.

아이들 위에 있는 종탑에서 한 남자아이가 나타났다. 남자아이는 괴물 석상의 벌어진 턱 위에 발을 디디며 내려왔다. 마지막 1미터 정도는 공중제비를 돌아 내려앉았다. 그러고는 소피를 마주 보며 인사했다.

"봉수아. 난 제라르야."

제라르의 얼굴은 마테오보다 어려 보였다. 하지만 다리가 매우 길고, 키도 아이들보다 훨씬 컸다. 너무 말라서 한 손으로 툭 부러뜨릴 수도 있을 것 같았다. 소피의 눈에는 전혀 투사처럼 보이지 않았다. 하지만 인상이 좋았다. 눈썹은 구두를 닦아도 될 만큼 숱이 많고, 눈빛은 부드러웠다.

"안녕, 제라르. 우린 너를 빌리고 싶어."

마테오의 말에 제라르가 빙긋 웃었다.

"알아. 아나스타샤가 신호를 보냈어."

제라르는 퀴퀴한 냄새가 나는 바구미 먹은 재킷을 입고 있었다. 마치 현관 깔개를 손수 엮어서 만든 것처럼 보였다.

"안녕, 나는 소피야."

"알아. 네가 기차역으로 가야 한다고 들었어. 근데 너……, 나에게 뭔가를 가져왔니?"

제라르는 조금 더듬거리는 영어로 말했다.

"응. 당연하지."

아나스타샤가 아직 축축한 동전들을 동그랗게 오므린 제라르의 두 손에 쏟았다.

"메르시! 대성당의 양초 가격이 20상팀으로 올랐다는 거 알아?"

"그냥 몇 개 가져가면 안 돼? 성당에서는 크게 상관하지 않을 거야."

소피가 말했다.

"농! 성당에서 도둑질하면 안 돼. 그건 죄악이야."

"그럼 양초를 구할 수 없을 때는 어떻게 해?"

"아무것도 안 해. 눈은 곧 어둠에 익숙해져. 아니면 깡통에 기름 묻힌 천을 넣고 불을 붙여."

"아주 만약에 천이 있다면."

아나스타샤가 말했다.

"아주 만약에 기름이 있다면."

마테오가 말했다.

제라르는 멋쩍은 듯이 웃으며 말을 돌렸다.

"우린 기차역으로 간다. 그렇지? 싸우러?"

"아마 싸우러. 바라건대, 그냥 소리를 들으러."

아나스타샤는 제라르에게 대답을 하다가 소피를 향해 말했다.

"제라르는 아주 잘 들어."

마테오도 고개를 끄덕였다.

"사실이야. 잘 듣는 건 흔치 않은 재능이야. 동물들의 재능이지. 사람들은 자신들이 잘 듣는다고 착각할 뿐이야."

제라르가 수줍게 말했다.

"나는 강 쪽에 있는 학교에서 연주하는 하모니카 소리를 들을 수 있어."

"그건 불가능해. 그렇지 않아?"

소피는 말도 안 되는 소리라고 생각했다.

"불가능하지 않아. 흔치 않을 뿐이야."

제라르는 덤덤히 얘기했다.

소피는 아나스타샤를 한쪽으로 끌고 갔다. 그리고 손을 말아 아나스타샤 귀에 대고 속삭였다. 귓속말을 하는 건 예의에 어긋나지만 어쩔 수 없었다.

"제라르가 하는 말이 사실이야? 허풍 치는 거 아냐? 이게 얼마나 중요한 일인지 제라르가 알고 있는 거야?"

그러자 제라르가 웃으며 말했다.

"응. 나는 사실을 말하고 있어. 그리고 얼마나 중요한 일인지도 알아. 내 주위에서 귓속말을 하는 건 아무 소용없어. 나는 너무 잘 들려서 잠들기가 힘들어. 잘 때는 귀에 도토리를 끼워야 해. 아마도 사는 곳이 성당이라서 그렇게 된 것 같아."

아나스타샤가 말했다.

"제라르는 노래도 잘해. 매일 밤 성가대가 떠나고 나면 노래를 연습해. 제라르가 노래를 부르면, 마치 첫눈이 내리는 것 같아. 노래해 봐, 제라르."

"농."

제라르는 코를 찡긋거렸다.

사피가 자신의 가슴을 두드리고는 제라르에게 손을 내밀며 고개를 기울였다.

"제발. 제라르, 한 곡만. 행운을 위해서."

소피도 애원하듯 말했다.

"좋아. 반 곡만."

제라르는 바람이 어느 쪽으로 부는지 살피기 위해 손가락을 핥았다. 그리고 목청을 가다듬었다.

제라르의 입에서 나온 첫 음은 매우 깨끗하고 달콤했다. 노랫말은 프랑스 어였다. 하지만 찬송가는 아니었다. 소피는 머리끝부터 발끝까지 찌릿했다. 치마를 모아 쥐고 사랑하는 사람들과 빙글빙글 돌며 춤을 추고 싶었다. 엄마가 무지무지 그리웠다.

제라르가 노래를 멈추자, 주위가 숨죽인 듯 고요했다. 강물조차 소리를 멈춘 듯했다.

이윽고 소피와 아나스타샤의 탄성이 터졌다. 둘은 손뼉을 치며 대성당 지붕에 대고 발을 굴렀다. 사피는 입속에서 새된 소리를 질렀다. 소피는 사피의 목소리를 처음 들었다.

"네가 성자들을 깨우기에 충분한 소리를 내지 않았다면, 시계가 자정을 알리는 소리를 들었을 거야. 2시까지 기차역에 도착하려면 서둘러야 해."

마테오가 퉁명스럽게 말했다.

"왜 2시야? 2시면 갸리어들이 깨어 있을지도 몰라. 우리는 더 늦게 가야 해."

제라르가 의아한 듯 눈을 껌벅였다. 그러자 마테오가 툴툴거렸다.

"소피가 지난번에 음악을 들은 게 2시였어. 말도 안 되는 소리일 수 있지만, 아무 근거도 없는 것보다는 낫잖아. 그건 가능성이야."

소피는 조용히 혼잣말을 했다.

"절대 가능성을 무시하지 마라."

찌르레기 발레단

노트르담에서 벗어날수록 지붕은 서서히 낮아졌다. 그리고 두 차례 건물들 사이의 길을 건너야 했다. 마테오, 제라르, 사피는 삼나무에서 가로등으로 건너뛰었다가 힘들이지 않고 홈통으로 뛰어넘었다. 아나스타샤와 소피는 홈통을 타고 내려가, 길을 가로질러 달려갔다가, 다시 홈통을 움켜잡았다. 홈통에는 일정한 간격으로 손잡을 곳이 있었지만 캄캄한 밤에 홈통을 오르는 일은 밤이 얼마나 어두운지를 깨닫게 해 주었다. 아이들은 새벽 2시가 되기 직전에 기차역 근처에 다다랐다. 역에 가까워질수록 아이들 사이에 긴장감이 흘렀다.

다섯 아이들은 학교의 지붕 위에 멈춰 섰다. 네 명의 아이들은 주의를 기울이며 각자 네 귀퉁이에 바깥쪽을 향해 앉았다. 소피는 한쪽에 따로 앉아 간절히 기도했다. 제발, 제발, 엄마를 찾게 해 주세요. 가슴이 터질 듯 쿵쿵 뛰었다. 소피는 두 주먹을 불끈 쥐었다.

한 시간이 지났다. 소피는 점점 불안해졌다. 네 명의 아이들은 아무 말도 하지 않았다. 꿈쩍도 하지 않았다.

마침내 소피가 속삭였다.

"너희들한테 뭐 하나 물어봐도 돼?"

제라르가 말했다.

"물어봐도 되지. 뭔데?"

"지붕 위의 아이들은 자라면 어떻게 돼?"

"난 또 뭐라고. 화장실에 가고 싶은 줄 알았네."

마테오가 툴툴거렸다.

"대체로 땅으로 내려가. 하지만 여전히 야생적인 삶을 살지."

제라르의 말에 아나스타샤는 클레오파트라처럼 오만하게 코웃음을 쳤다.

"실제로 그런 애들이 있었어?"

마테오가 "응."이라고 말할 때, 동시에 아나스타샤는 "아니."라고 말했다.

"내가 처음 법원 지붕 위로 이사 갔을 때 이걸 발견했어."

마테오는 주머니에서 화려한 장식이 있는 작은 칼을 꺼냈다.

"손잡이를 봐."

칼은 적어도 백 년은 되어 보였다. 손잡이에는 손가락 홈이 또렷이 나 있었다. 홈을 남긴 손은 소피의 손보다 작았다.

"그건 누구 거야?"

소피가 물었다.

"어떤 아이겠지."

마테오가 어깨를 으쓱하며 말을 덧붙였다.

"영리한 아이인 것 같아. 밧줄로 칼을 감아 두었거든. 그건 칼을 보관하기에 가장 좋은 방법이야. 아무도 그걸 몰라."

"그 아이를 찾으려고 해 봤어?"

소피는 자신이라면 그랬을 거라고 생각했다.

"농. 칼날에 1센티미터 두께로 녹이 슬어 있었어. 그 애가 거기에 살았던 건 꽤 오래전이었던 게 틀림없어."

"그 아이는 어떻게 됐을까?"

마테오는 밤하늘을 올려다보았다.

"아마 붙잡혔을 거야. 아니면, 남쪽으로 갔을지도 모르지. 남쪽은 사람도 적고 더 따뜻하니까."

"지붕 위에는 얼마나 많은 아이들이 있을까?"

제라르가 가장 먼저 대답했다.

"나는 열 명은 넘을 거라고 생각해. 백 명은 안 되고."

사피는 손가락 열 개를 내밀었다가 주먹을 쥐었다 폈다. 아나스타샤가 말했다.

"나도 사피 말처럼 이십 명에서 삼십 명 정도일 거 같아. 종종 그림자를 봤거든. 루브르 박물관에도 누군가 살고 있는 것 같아."

아이들은 다시 입을 다물었다. 2시간이 지나갔다. 소피는 귀를 활짝 열고 앉아 있었다.

갸리어들은 한 명도 나타나지 않았다. 음악 소리도 들리지 않았다. 아침 5시쯤 되자, 소피는 너무나 춥고 피곤해서 눈물이 날 것 같았다.

"그만 돌아가자. 곧 해가 뜰 거야."

마테오가 엉덩이의 먼지를 털며 일어섰다.

"잠깐만! 들어 봐!"

제라르가 마테오를 주저앉혔다. 소피가 온몸의 신경을 바싹 곤두세웠다.

"첼로? 갸리어? 엄마 연주가 들려?"

"아니, 둘 다 아냐. 하지만 들어 봐."

멀리 거리에서 말 울음소리, 누군가 기침하는 소리, 아니면 둘 다 아닌 것 같은 소리가 들려왔다. 그리고 구름이 나타났다. 하늘을 가로지르는 회색 구름.

아나스타샤가 속삭였다.

"새다."

하늘이 갑자기 새들로 뒤덮였다. 오백 마리 아니, 천 마리의 새들이 날아왔다. 새들은 겁 없이 아이들의 머리 위로 쏜살같이 내려앉았다.

"발레단 같아."

소피가 소곤댔다.

"나는 발레를 몰라. 찌르레기들 같은데."

마테오가 대꾸했다.

"찌르레기 떼는 뭐라고 불러?"

소피가 속삭이며 물었다.

아나스타샤가 고개를 갸웃거렸다.

"소피, 네 말이 무슨 뜻인지 모르겠어."

"그러니까 까마귀 떼는 '살인자'라고 부르잖아. 올빼미 떼는 '의회'라고 부르고."

"아, 그래도 무슨 말인지 모르겠어."

"찌르레기 발레단."

소피가 입속으로 중얼거렸다.

찌르레기들은 원을 그리며 빠르게 내려왔다. 찌르레기들이 가까이 올 때마다 소피는 숨이 막혔다. 다른 아이들은 아무렇지도 않은 것 같았다. 소피는 찌르레기 떼들이 어떤 징조 같았다. 소피의 가슴이 뜨거워지면서 걷잡을 수 없이 부풀어 올랐다.

"찌르레기 군대."

마테오가 말했다.

"찌르레기 회오리."

제라르가 말했다.

"찌르레기 난장판."

소피가 말했다.

"난 찌르레기 분수. 사피는 찌르레기 햇살."

아나스타샤가 말했다.

남자아이들은 코웃음을 쳤지만 소피가 말했다.

"찌르레기 햇살, 좋다! 아니면 찌르레기 오케스트라."

"찌르레기 지붕은 어때?"

마테오가 말했다.

기록물 보관소

아이들은 한 줄로 늘어서서 천천히 집으로 향했다. 마테오가 맨 앞이고 사피가 맨 뒤였다. 아무도 입을 열지 않았다. 솟구치던 아드레날린은 말라 버렸다. 마테오와 소피는 하늘을 달리는 자매와 투사 제라르를 남겨 두고 북쪽으로 향했다.

둘만 있게 되자, 소피가 말했다.

"마테오, 그냥 궁금해서 묻는 건데 화장실은 어떻게 해?"

"홈통."

마테오는 더는 자세히 말하지 않았다.

소피는 웃으며 눈길을 돌렸다. 그런데 어딘가 이상했다.

"여기는 호텔이 있는 거리가 아닌 것 같은데?"

마테오는 반쯤 잠들어 있는 듯했다.

"지름길이야. 호텔이 있는 곳과 아주 가까워. 이제 10분만 더 가면 돼."

"그런데 우리 지금 무슨 건물 지붕에 있는 거야?"

"경찰 본부. 너도 알 텐데. 여기 두 번 왔었다고 했잖아."

"정말 우리가 경찰 본부 지붕에 있어?"

"맞아."

"해 뜰 때까지 얼마나 남았어?"

마테오가 입을 달싹이며 별들을 세더니 말했다.

"30분, 어쩌면 40분?"

"경찰 본부 꼭대기 층에 기록물 보관소가 있어. 맞지?"

"난 모르겠는데."

"맞아, 확실해. 마테오, 우리 한번 볼 수 있을까? 그냥 창문으로만."

"네가 원한다면."

소피는 마테오의 팔목에 손을 올려놓으며 말했다.

"그럼 어떻게 해야 해?"

"네가 엎드려서 가장자리에 매달리면 내가 다리를 잡을게."

"너, 날 떨어뜨리지 않을 거지?"

"넌 괜찮을 거야."

"제발 커튼이 쳐져 있지 않으면 좋겠다."

마테오가 괜찮다고 하면 괜찮은 거라고 소피는 믿었다. 소피는 지붕 가장자리에 엎드렸다. 그리고 조금씩 앞으로 기어갔다.

"나, 잡았어? 꽉 잡아."

소피는 갈비뼈가 지붕의 가장자리 너머에 걸쳐질 때까지 엉덩이와 어깨를 움직이며 앞으로 나아갔다. 소피는 벽돌을 움켜잡았다. 천천히 몸을 앞으로 구부렸지만 안을 볼 수는 없었다. 맨 위층 창문은 소피보다 좀 더 아래에 있었다. 소피는 땅을 내려다보지 않으려고 시선을 돌렸다.

"조금만 더."

소피가 말했다. 피가 머리로 쏠렸다.

"조금만 더."

하지만 소용이 없었다. 창문은 훨씬 아래에 있었다.

"다시 끌어 올려 줘. 빨리, 제발."

마테오는 투덜대며 세게 끌어당겼다. 소피는 끌려 올라올 때 벽돌에 턱이 긁혔다. 소피는 일어나 앉아서 턱을 문질렀다. 손가락에 피가 묻었다.

"젠장."

소피가 투덜거렸다.

마테오는 주머니에서 천 조각을 꺼냈다.

"이걸로 닦아. 안 그러면 상처에 벽돌 모래가 들어갈 거야."

"고마워."

소피는 마테오의 엉덩이에 대고 인사를 했다. 어느새 마테오는 가장자리 너머를 들여다보고 있었다. 지붕 위에서 마테오의 발이 동동거리기 시작했다. 마치 발이 신이 나서 흥얼거리는 것 같았다. 잠시 뒤, 마테오는 똑바로 일어섰다.

"허리를 구부려서 보기에는 너무 멀어. 하지만 내가 너의 발목을 잡고 매달리게 하면 볼 수 있어."

"뭐? 말도 안 돼!"

"왜 안 돼? 내가 꽉 잡을게. 나는 힘이 세."

"그렇지만 내 발목을?"

"그럼 어떻게 해? 보고 싶다고 했잖아. 아냐?"

"보고 싶어."

소피는 두려움이 온몸을 찌르는 것 같았다. 마치 사포로 만든 옷을 입은 것 같았다. 하지만 포기할 수는 없었다.

"좋아. 하지만 네 손에 땀이 나지 않았는지 확인해. 나는 거꾸로 처박혀 죽고 싶지는 않아."

소피는 다시 앞쪽으로 기어갔다. 마테오가 소피의 발목을 움켜잡았다. 어찌나 세게 잡았는지 피가 통하지 않을 정도였다.

"이제 너를 내릴 거야."

마테오는 소피의 무릎이 지붕 끝에 걸칠 때까지 소피를 앞으로 밀었다. 그런 다음 소피의 발가락을 난간에 걸치게 했다. 마테오의 팔 근육이 떨리는 것이 전해져 왔다. 소피는 마테오의 힘을 덜어 주기 위해 벽돌을 잡았다.

"내려다보지 마."

소피는 자신에게 속삭였다. 소피의 머리카락은 파리의 거리를 향해 늘어뜨려졌다. 소피는 고개를 흔들어 머리카락을 눈에서 털어냈다. 그리고 창문을 들여다보았다.

기록물 보관소는 건물 길이만큼 길게 뻗어 있고, 캐비닛이 가득 늘어서 있었다. 몇백 개는 되는 것 같았다. 중앙에는 커다란 탁자가 있었다. 소피는 창문에 대고 하 입김을 불었다. 그리고 손가락 끝으로 깨끗이 닦았다. 방 안에는 그림 한 점, 빛 한 점도 없었다.

소피의 눈앞에 빨간 점이 떠다니기 시작했다.

"이제 너를 끌어올려야겠어. 쏜살같이 아래로 떨어지지 않으려면."

마테오가 소리쳤다.

소피는 몸속의 피가 제자리로 돌아오기를 기다렸다가 다시 집으로 향했다. 곧 해가 뜰 거라는 초조함에 발걸음을 재촉했다.

"서류 캐비닛은 자물쇠가 채워져 있었어. 내가 망치로 두드리면 열 수 있을까?"

"농. 파리 전체가 그 소리를 듣게 될 거야."

"빌어먹을. 하지만 다른 어떤 방법이 없잖아? 지렛대로 열 수 있을까?"

"그냥 자물쇠를 따면 되지."

"어떻게? 아야!"

소피의 코가 마테오의 발에 부딪혔다. 둘은 푸줏간의 뾰족한 지붕 위를 기어가고 있었다.

"너 한 번도 자물쇠 따 본 적 없어? 나는 그게 숨 쉬는 것과 같다고 생각했어. 모든 사람이 할 수 있는 줄 알았지."

마테오는 도저히 믿지 못하겠다는 얼굴로 돌아보았다.

"내가 문 따는 걸 어떻게 알겠어?"

"진짜 모른다고? 난 이로도 딸 수 있는데."

"나는 못해."

이제 둘은 보스트 호텔이 보이는 곳에 도착했다. 마테오는 소피를 뚫어지게 쳐다보았다. 소피는 얼굴이 붉어지는 걸 느꼈다. 그것을 숨기기 위해 머리카락을 앞으로 쓸어 내렸다.

"내가 가르쳐 줄게. 쉬워. 그리고 아주 쓸모 있어. 첼로보다 쓸 만할걸."

"언제? 지금?"

"농. 네 손은 지금 너무 뻣뻣할 거야. 잠을 좀 자 둬. 그건 내일 하자."

마테오는 보스트 호텔을 향해 고개를 끄덕였다.

"여기서부터는 혼자 갈 수 있겠지? 나는 이제 집에 가야 할 것 같아. 10분 안에 해가 뜰 거야."

"내일 보자. 그리고 마테오……,"

소피는 잠시 시간을 벌기 위해 눈을 벅벅 문질렀다. 고마움을 표현할 적당한 말을 떠올리기가 어려웠다. 하지만 눈을 떴을 때, 마테오는 이미 사라진 뒤였다.

방으로 돌아오자 강렬한 아침 첫 햇살이 침대를 비추었다. 소피의 손바닥과 발바닥, 발목 위까지 검댕이 새까맣게 묻어 있었다. 소피는 침대로 들어가기 전에 책장에서 영어 사전을 꺼내 왔다. 무릎 안쪽에 손을 문질러 닦은 뒤 책장을 넘겼다.

찌르레기 떼는 '웅얼거림'이라고 씌어 있었다. 좋은 징조였다.

기적을 믿는다는 건

소피는 눈을 뜨자마자, 더운 김이 나는 컵을 들고 소피를 굽어보는 찰스를 보았다. 한낮의 햇볕이 지붕창을 통해 흘러들었다.

"돌아왔구나."

소피는 컵을 받아 들며 아무것도 모르는 척 순진한 표정을 지었다.

"어디서 돌아와요?"

뜨거운 초콜릿이었다. 찰스가 집에서 만들던 것처럼 진하고 걸쭉했다. 소피가 아기였을 때, 찰스는 그것을 '사치스러운 코코아'라고 불렀다. 초콜릿을 그렇게 특별하게 만드는 데는 30분이 걸렸다. 소피는 죄책감이 들었다.

"나는 모르지. 네가 말해 보렴."

찰스는 침대에 걸터앉았다.

"어젯밤에 11시에 왔더니, 네가 없더구나."

"제가요?"

"나는 고리타분한 멍청이가 되고 싶지는 않구나, 아가. 하지만 네가 납치당한 줄 알았어. 나는 네가……."

찰스는 웃지 않았다. 눈에는 빛이 없었다.

"어디 갔었니?"

"말할 수 없어요."

소피는 찰스의 손목을 잡았다.

"죄송해요, 진심으로. 하지만 나 아닌 다른 사람들이 관련되어 있어요."

"소피, 너……."

"하지만 약속해요. 아무도 나를 보지 못했어요. 맹세해요. 나는 어두워질 때까지 거리에는 나가지 않았어요. 그리고 머리카락을 잘 가렸어요."

"밖에 나갈 거라고 내게 말이라도 하지 그랬니."

"할 수 없었어요. 나가지 못하게 할 거라고 생각했거든요."

찰스는 소피로부터 컵을 받아 한 모금 마시고는 다시 돌려주었다. 침묵이 흘렀다. 찰스의 눈썹은 높이 솟아올라 앞머리에 닿을 정도였다.

소피가 물었다.

"날 막았을 거예요?"

"그러지 않았을 거다."

"아!"

죄책감이 소피의 가슴에 퍼졌다.

"아니, 내가 그러지 않았기를 바란다. 말렸을지도 모르지만. 사실은 모르겠다. 사랑은 예측할 수 없는 거니까."

찰스는 초콜릿을 한 모금 더 마셨다.

사랑은 예측할 수 없는 거구나. 소피는 찰스의 말을 곰곰이 생각하다가 입을 열었다.

"아저씨, 뭐 하나 물어봐도 돼요?"

"언제든지."

소피는 적당한 표현을 찾으려고 초콜릿을 마시고, 손가락을 컵 안쪽에 넣고 만지작거렸다.

"전부터 생각해 오던 건데요……, 만약에 엄마가 살아 있다면……, 물론 나는 엄마가 살아 있다고 확신해요. 엄마는 왜 나를 찾지 않았을까요?"

"엄마는 네가 죽었다고 들었을 거다, 소피. 우리가 생존자 명단을 얻지 못한 것처럼 네 엄마도 그랬겠지. 너는 병원에 있지도 않았어. 프랑스에 있는 어느 누구도 너에 대해서 몰랐을 거야."

"알아요. 아는데요. 모두가 나에게 엄마가 죽었다고 말했어요. 그래도 나는 그 말을 믿지 않았어요. 엄마는 왜 사람들 말을 믿었을까요? 왜 계속 날 찾지 않았을까요?"

"아가, 왜냐하면 엄마는 어른이기 때문이야."

소피는 머리카락으로 얼굴을 가렸다. 화가 나서 얼굴이 뜨거워지고 굳어 갔다.

"그건 이유가 안 돼요."

"사실이야, 소피. 어른들은 지루하거나 추한 것 말고는 아무것도 믿지 말라고 배운단다."

"어른들은 바보예요."

"슬픈 거지, 바보는 아냐. 기적을 믿는다는 건 어려운 일이야. 소피, 그것은 네가 가진 재능이란다. 그것을 잃지 마라."

퀸메리호의 진실

그날 밤, 소피는 지붕창으로 올라가기 전에 찰스에게 쪽지를 썼다. 쪽지에는 자신이 경찰 본부로 갈 거라고 적었다. 하지만 하늘을 통해서 갈 거라고는 적지 않았다. 대신에 동이 트기 전에 돌아오겠다고 약속했다. 소피는 긴바지와 사피의 회색 누더기 스웨터를 입었다. 주머니에는 양초 토막과 성냥을 집어넣고 손가락을 부드럽게 푼 다음 어둠 속으로 향했다.

마테오는 양발을 번갈아 깡충깡충 뛰면서 소피를 기다리고 있었다. 굴뚝 아래에는 아나스타샤, 사피, 그리고 제라르가 앉아 있었다. 건포도 봉지를 돌리면서. 사피와 아나스타샤는 둘 다 검정 스웨터와 회색 바지를 입었다. 하지만 얼굴은 은백색으로 빛났다. 소피는 깜짝 놀랐다. 그 아이들이 얼마나 아름다운지 잠깐 잊고 있었다.

제라르는 소피의 얼굴을 보고 웃음을 터뜨렸다.

255

"우리가 와서 놀랐어?"

"우리는 망을 보려고 왔어."

아나스타샤가 소피를 보며 웃었다.

"토끼 같은 청력을 가진 제라르는 누군가 다가오면 알려 줄 거야. 우리는 먹을 걸 좀 가져왔어."

아나스타샤는 건포도를 소피의 손바닥에 부어 주었다. 건포도를 먹자, 설탕이 마음을 따스하게 녹여 주었다. 소피는 마테오에게 몸을 돌렸다.

"내가 맨 앞에 가도 돼?"

"농."

"하지만 부탁해. 그리고 싶어."

소피는 자신이 제대로 해내고 싶다고 말하고 싶었지만 말로는 설명할 수 없었다. 소피는 엄마가 매우 가까이에 있다고 느꼈다. 엄마를 생각할 때마다 몸이 으슬으슬 떨렸다.

마테오가 물었다.

"창문 걸쇠를 어떻게 여는지 알아?"

"몰라."

"그럼 내가 앞장설게."

마테오는 창턱과 수평이 되는 높이에 이를 때까지 홈통을 타고서 1미터쯤 내려갔다. 소피는 배를 대고 엎드려 지켜보았다. 소피는 "조심해!"라고 말하고 싶지 않았다. 겁내고 걱정하기보다 용기를 주는 아이가 되고 싶었다. 그래서 소리쳤다.

"행운을 빌어!"

그리고 한 마디 덧붙였다.

"우리가 지켜보고 있어."

마테오는 벽을 마주 보고 섰다. 홈통을 양팔로 껴안고 한쪽 다리를 휙 뻗어서 디딘 다음, 이어서 다른 쪽 다리를 창턱에 올려놓았다. 벽돌에 몸을 대고 평평하게 누르면서, 한 손은 홈통을 놓고 벽돌을 잡았다. 지켜보던 소피는 아찔했다. 그다음 다른 한 손이 가로질러 갔다. 마테오는 발가락으로 창턱에 서서 균형을 잡았다. 손가락 끝으로 유리창을 거머쥐고 천천히 무릎을 구부려 웅크렸다. 창턱은 넓었지만 마테오의 등 반쪽이 허공으로 불거져 나왔다. 하지만 마테오의 얼굴은 일요일 오후처럼 고요했다.

마테오는 주머니칼로 창문 걸쇠를 공격했다.

"열렸어!"

"잘했어! 제발 조……."

소피는 말꼬리를 끊고,

"멋지다!"

재빨리 말머리를 돌렸다.

마테오가 창턱 아래로 손톱을 집어넣어 창문을 들어 올렸다.

"앗."

마테오가 짧게 소리쳤다.

"왜 그래? 너 괜찮아?"

"별일 아냐. 그냥 피가 조금 났어."

창문이 열렸다.

"이따가 꼭 피를 닦아야 해."

마테오는 창턱에 걸터앉아 기록물 보관소 안쪽으로 다리를 달랑거리며 자세를 잡았다.

"됐어!"

마테오는 창턱을 가볍게 톡톡 쳤다.

"이제 내려와."

소피는 최선을 다해 마테오가 움직였던 길을 따라갔다. 마테오는 양손으로 소피가 발 디딜 곳을 알려 주었다. 소피는 첼로를 떠올렸다. 그리고 엄마를. 자신이 땅 위에 떨어졌을 때 자신의 머리뼈가 만들어 낼 소리를 떠올리지 않으려고 했다. 소피는 속삭이듯 혼잣말을 했다.

"엄마는 사냥할 만한 가치가 있어."

소피는 창문을 통해 재빨리 들어갔다.

기록물 보관소는 쌀쌀하고 어두웠다. 비밀스럽고 조심스러웠다.

"들어올래?"

"농. 나는 절대 안으로 들어가지 않아. 이것으로 충분해."

마테오는 발뒤꿈치로 벽을 차며 기다렸다.

소피는 주머니에서 양초와 성냥을 꺼냈다. 촛농이 손가락에 떨어지지 않도록 스웨터로 손을 감쌌다.

"어디서부터 시작하지?"

소피는 캐비닛의 라벨을 자세히 들여다보았다.

"마테오, 프랑스 어로 적혀 있어."

"당연히 프랑스 어지. 나에게 읽어 줘."

"이건, 머트르."

"그건 살인이야."

"앵상디에르?"

"화염병."

소피는 반대쪽 끝으로 걸어갔다.

"아슈랑스?"

"그건 보험이야. 그걸 찾아봐."

소피는 캐비닛 문을 세게 잡아당겼다.

"잠겼어."

소피는 자물쇠가 잠겨 있을 거란 걸 깜빡했다는 사실에 당황했다. 하지만 마테오의 얼굴은 신이 나 있었다.

"당연히 잠겨 있지. 머리핀 가지고 있어?"

"응."

소피는 엉킨 머리를 더듬어 핀을 찾았다. 손가락이 떨렸다.

"좋아. 이제 넌 집중해야 해. 자물쇠는 안에 셍크 핀이 있어."

"셍크?"

그건 소피가 생각하지 않으려는 단어 중 하나였다. 가라앉다, 그리고 익사하다.

"맞아, 셍크. 다섯이란 뜻이야. 자물쇠에는 다섯 개의 핀이 있어. 그 핀들을 움직여서 가로대를 여는 거야. 아까 사용했던 성냥 어디에 있어? 바닥에 버렸어?"

"아니, 여기 있어."

"그래, 그 성냥을 자물쇠 아랫부분에 끼워 넣어."

소피는 긴장을 풀려고 손가락을 핥았다. 그리고 성냥을 굵은 열쇠 구멍에 끼웠다.

"그래, 그렇게……. 그리고 살짝 밀어. 왼쪽 아니면 오른쪽으로."

"어느 쪽이야?"

소피는 낮게 말했다.

"네가 느껴 봐. 마치 물처럼 흐름이 있어. 한쪽이 상류야."

소피는 성냥을 요리조리 꼼지락거렸다. 아무것도 느낄 수 없었다.

"너무 세게 돌리고 있어."

소피는 소리 없이 혀를 이 사이로 내밀면서 마테오를 노려보았다. 짜증이 치밀었다.

"그런 설명은 전혀 도움이 되지 않아, 마테오."

"내 말은, 너는 그걸 억지로 쑤셔 대고 있다고. 성냥개비가 살아 있다고 상상해 봐."

어쨌거나 소피는 상상하려고 노력했다. 그리고 마테오의 말은 사실이었다. 오른쪽으로 돌리자, 뻑뻑했다. 이번에는 왼쪽으로 조금씩 돌리자, 자물쇠가 움직였다. 그것은 속삭임처럼 부드러웠다. 소피는 확신이 들 때까지 몇 차례 반복했다.

"이제 어떻게 해?"

"그대로 잡고 있어. 1밀리미터도 움직여서는 안 돼."

"알았어."

소피는 꼼짝 않고 왼손으로 성냥을 꽉 잡았다.

"이제는 머리핀을 자물쇠 꼭대기에 집어넣어."

마테오는 어둠 속에서 눈을 가늘게 뜨고 소피를 주의 깊게 지켜보았다.

"다섯 번째 핀부터 뒤쪽에서 시작해. 머리핀을 그 아래로 슬며시 넣어. 그리고 위쪽으로 밀어. 달라붙을 때까지."

"달라붙는다는 게 무슨 뜻이야?"

소피의 양손은 땀으로 젖었다. 소피는 손바닥을 핥았다.

"쉬운데 어떻게 설명해야 할지 모르겠어."

"그냥 네가 들어와서 하면 안 돼?"

"농. 핀을 조금씩 꼼지락거려 봐. 좀 더……, 단단하다는 느낌이 들 때까지. 자연스럽게 느껴질 거야. 딸각거리는 소리가 들릴 거야. 자물쇠에 기름칠이 되어 있다면 매우 작게 들릴 거야. 마치 개미 기침 소리처럼."

"그다음엔?"

"그다음엔 네 번째 핀을 움직여야지. 그리고 세 번째. 그리고……."

"두 번째. 알았어. 이해했어."

"그 느낌을 알 수 있겠어?"

물론 알 수 없었다. 소피는 치솟는 화를 누르면서 머리핀을 위아래로 꼼지락댔다. 그러다가, 갑자기 느낌이 왔다! 그것은 아주 작은 느낌이었지만 핀이 점점 더 뻑뻑해졌다. 마침내 핀은 더 이상 움직이지 않았다.

"된 것 같아. 이제 뭐 해?"

"잘했어. 첫 번째가 가장 힘들 거야. 이제 머리핀을 앞으로 잡아당겨. 1밀리미터도 안 될 만큼 조금만. 그리고 다음 핀을 꼼지락거려봐."

소피는 숨을 참았다. 머리핀을 아슬아슬하게 조금 잡아당겨서 다음 핀 아래에 머리핀을 집어넣었다. 한번 리듬을 익히고 나니까 훨씬 쉬워졌다.

"소피, 이제 세 번째야."

소피가 소리쳤다.

"두 번째야."

마지막 핀이 가장 어려웠다.

"끝났다!"

소피가 축하를 기대했다면 크게 실망했을 것이다. 마테오는 퉁명스럽게 고개를 한 번 끄덕일 뿐이었다.

"됐어. 이제 머리핀을 그대로 잡고 있어. 네 손이 떨고 있어. 멈춰. 그리고 성냥을 왼쪽으로 세게 잡아당겨."

드디어 자물쇠가 딸깍하면서 열렸다!

소피는 서둘러 서류철을 집어 들고 창문 쪽으로 가져갔다. 소피와 마테오는 함께 서류를 살폈다. 소피의 손가락은 덜덜 떨렸다. 불빛이 희미해서 잘 알 수 없지만 소피는 마테오도 마찬가지일 거라고 생각했다.

"여기에는 퀸메리호에 기록이 아무것도 없어. 이건 다 지난 2년간의 서류들이야."

소피는 맥이 풀렸다.

"걱정하지 마. 우리에겐 시간이 있어."

"그렇지만 이 방에는 몇천 개나 되는 서류철이 있어."

"우리에겐 시간이 있어. 당황하지 마."

마테오가 다시 말했다. 마테오의 목소리는 평소보다 부드러웠다.

"더 낡은 캐비닛을 열어 볼까? 저 초록색 캐비닛들. 저것들은 녹이 슨 것 같아. 덜 정직해 보이고."

소피가 마테오를 쳐다보았다. 마테오가 고개를 끄덕였다.

"하지만 먼저 이걸 원래 있던 자리에 갖다 놔. 아무도 우리가 다녀간 걸 알아서는 안 돼."

소피는 다시 캐비닛의 라벨을 마테오에게 읽어 주었다. 소매치기,

극장 화재, 거지…….

"디베르. 이건 무슨 말이야?"

소피가 라벨을 더듬거리며 읽었다.

"그건 뒤죽박죽, 여러 가지, 다양한, 이것저것. 그거 한번 보자."

이번 캐비닛의 자물쇠는 좀 더 컸다. 그래서 핀이 더 잘 느껴졌다. 소피가 머리핀으로 여는 데 5분이 채 걸리지 않았다.

캐비닛 안의 서류철들은 두꺼웠다. 서류에 적혀 있는 날짜들은 거의 20년 전으로 거슬러 올라갔다. 소피는 침몰 사고가 일어났던 해의 서류를 찾았다. 온몸이 덜덜 떨리고 타는 듯 열이 나기 시작했다.

"퀸메리, 빠끄보앙글레. 빠끄보가 무슨 뜻이야?"

서류철 하나를 들고 소피가 물었다.

"내 생각에는…… 큰 배?"

서류철은 대리석 무늬 판지였다. 소피는 서류철을 들고 마테오가 있는 창턱으로 달려가 촛불을 건넸다. 서류철 안에는 스무 장이 넘는 서류가 있었다. 소피는 서류를 둘로 나누어 반을 마테오에게 넘겼다.

"날아가지 않게 조심해."

소피는 서류를 최대한 빨리 넘겼다. 거기에는 사람들의 명단과 손으로 쓴 편지가 있었다. 팔에 냅킨을 걸치고 웃음기 없는 얼굴로 카메라를 바라보는 종업원들의 사진도 있었다. 사진 뒷면에는 이름과 주소가 적혀 있었다.

"이게 승객 명단인 것 같아."

마테오가 소리쳤다.

소피는 마테오한테서 서류를 받아 들었다. M 이니셜 아래에 '찰스 맥심'이 있었다. 하지만 V 이니셜 아래에는 아무것도 없었다. '비비안 베르'가 없었다. 소피는 떨리는 손으로 종업원 명단을 한 줄 한 줄 살폈지만 결과는 똑같았다. 비비안은 없었다.

"이것 좀 봐."

마테오가 사진 한 장을 들어 올렸다.

"소피! 악단이야! 여기 네 엄마가 있어?"

"어디 봐."

소피는 마테오한테서 사진을 찢듯이 낚아챘다.

"하지만…… 모두 다 남자야."

소피는 갑자기 기록물 보관소의 어둠이 끔찍하게 느껴졌다.

"첼로 연주자도 남자야."

마테오의 얼굴에서 미소가 사라졌다.

사진 속의 첼로 연주자는 젊고 잘생겼다. 웃음을 머금고 카메라를 빤히 바라보고 있었다. 소피와는 아무 상관없었다. 소피는 사진을 뒤집었다. 사진 뒤에는 '조지 그린, 12, 아파트 G, 에스푸아 가'라고 적혀 있었다.

소피는 흘러내리는 눈물을 훑았다. 미처 자신이 울고 있다는 것을 알아채지 못했다.

"조지 그린은 너랑 매우 닮았어."

갑자기 목소리가 들려왔다. 소피는 깜짝 놀라서 하마터면 창턱에서 떨어질 뻔했다. 그림자가 홈통에 매달려 안을 보고 있었다.

"조금만 비켜 줘. 나도 앉고 싶어."

사피였다.

소피는 창턱에 사피가 앉을 공간을 마련하기 위해 방 안으로 들어갔다. 그리고 사피의 손목을 잡았다.

"난 모르겠는데. 이 남자는 나랑 달라! 정말 비슷해?"

"너의 눈을 쏙 빼닮았어."

사피의 목소리는 아나스타샤보다 낮고 프랑스 억양이 더 강했다.

"사람들은 자신의 진짜 눈을 볼 수 없어. 그래서 네가 알아채지 못하는 거야."

사피는 마테오에게로 몸을 돌렸다.

"마테오 네가 그걸 알아채지 못했다니 놀라워. 늘 소피의 눈에 대해 얘기하잖아. 이 남자가 소피의 아빠일 거라고 생각하지 않아?"

마테오가 얼굴을 붉혔다. 하지만 소피는 사진을 살펴보느라 정신이 없었다.

"맙소사."

소피가 놀란 듯이 속삭였다. 따끔거리는 통증이 목에서 등까지 훑고 지나갔다.

"조지 그린이 여성용 셔츠를 입고 있어."

"뭐?"

마테오가 무슨 소린지 알 수 없다는 얼굴을 했다.

"여성용 셔츠는 오른쪽 섶이 위로 올라오도록 단추를 채우게 되어 있어."

"네가 그걸 어떻게 알아?"

"당연히 알지. 단추는 중요해. 마테오, 이건 여자 셔츠야. 왜 남자가 여자 셔츠를 입었을까?"

"그리고 신발을 봐. 여자들은 신발 끈을 가로로 묶어. 이렇게."

사피가 사진을 가리켰다.

소피는 신발을 보았다. 조지 그린이 입고 있는 무릎이 바랜 검은색 바지도 보았다.

"남자의 콧수염을 봐."

소피의 눈길이 첼로 연주자의 얼굴에 못 박혔다.

마테오와 사피가 동시에 사진을 바라보았다.

"콧수염이 왜?"

"너무 짧아. 콧수염은 입술까지 와야 한다고. 다른 남자들의 콧수염을 봐. 모두 어마어마해. 하지만 이건 검게 칠한 여자 머리카락 같아."

사피가 다시 사진을 꼼꼼히 살피더니 말했다.

"나는 이 사람이 남자인 것 같지 않아. 매우 영리하게 생긴 여자 같아."

그리고 소피에게 다가와 흘러내린 머리카락을 쓸어 넘겨 주었다.

"이 사람은 소피 너랑 닮았어."

생 뱅상 드 폴 교회

소피는 아무 말 없이 마테오와 사피, 그리고 사진을 번갈아 가며 뚫어지게 쳐다보았다. 그때, 실랑이하는 소리와 쿵 소리가 나더니 머리 위에서 목소리가 들려 왔다.

"소피? 거기 아래에 있니?"

"저 사람은 누구야?"

사피가 긴장한 목소리로 말했다.

마테오가 소리쳤다.

"경찰이야! 뛰어!"

소피가 두 아이의 팔목을 잡았다.

"기다려! 저 사람은…….."

"위로 돌아와 주겠니?"

위에서 또다시 목소리가 들려왔다.

"네가 날 괴롭히려고 이런다고는 조금도 생각하지 않는다. 하지만 비유적으로 말하자면, 나는 두려워서 정신이 나갈 지경이야. 돌아와, 제발."

찰스였다.

셋은 홈통을 타고 기어올라 갔다. 마테오는 자리를 뜰 때 팔꿈치로 창턱의 핏자국을 닦았다. 그리고 창문을 쾅 닫았다. 소피는 사진을 이로 물고 올라갔다.

찰스는 굴뚝에 기대어 있었다. 한 팔에 소피의 첼로를, 한 팔에 우산을 끼고 있었다. 제라르와 아나스타샤는 경계를 풀지 않고 찰스를 쳐다보고 있었다.

찰스는 아나스타샤를 가리키며 말했다.

"이 숙녀 분이 아주 제대로 나를 죽이려고 했단다. 내가 너의 보호자라고 설명하기 전까지는. 다행히 이 신사 분이 내가 해를 끼치지 않을 거라고 말려 줬다. 아마 너의 첼로가 신사 분을 설득시킨 것 같구나."

"내 첼로를 가져왔어요? 어떻게요? 왜요?"

소피는 멍하니 찰스를 바라보았다.

"등에 묶고 왔지. 너한테 첼로가 필요하지 않을까 생각했어. 만일 네가 누군가를 발견한다면……."

찰스는 쭈그리고 앉아 소피의 눈을 살펴보았다.

"네 표정을 보니 아직 때가 아닌가 보구나."

"주소를 구했어요. 엄마인 것 같아요. 실은 잘 모르겠어요."

소피는 아직도 머리부터 발끝까지 떨고 있었다.

마테오가 소피에게서 사진을 받아 들고는 주소를 읽었다.

"에스푸아 거리. 거기는 갸리어 구역이야. 생 뱅상 드 폴 교회 근처. 어젯밤 우리가 갔던 곳의 동쪽이야."

세 아이도 고개를 끄덕였다.

"어떻게 알아?"

소피가 물었다.

제라르가 어깨를 으쓱했다.

"우리는 머릿속에 지도가 있어."

아나스타샤가 걱정스레 말했다.

"갸리어들이 화낼 거야, 소피. 에스푸아 거리에 가는 건 갸리어들 현관 앞에 가서 크리스마스 캐럴을 부르는 거나 마찬가지야."

"상관없어."

"네가 몰라서 그래. 갸리어들은 칼을 가지고 다녀."

"겁나면 너흰 여기 있어. 난 갈 거야."

"소피, 우리는 절대로 거기 가지 않아."

마테오의 얼굴이 어두워졌다.

"상관없어."

소피의 말은 진심이었다. 아무것도 두렵지 않았다. 거기에 함께 갈 누구도 필요하지 않았다. 아마도 이것이 사랑의 힘인 것 같았다.

사랑은 사막의 오아시스 같고, 캄캄한 숲 속의 성냥 같았다. 사랑과 용기는 같은 뜻을 가진 낱말일 거라고 소피는 생각했다. 엄마가 어디엔가 살아 있다. 소피의 마음을 내려놓을 수 있는 곳, 소피가 편안히 쉴 수 있는 곳, 엄마.

점잖게 듣고 있던 찰스가 입을 열었다.

"소피, 그럼 나와 거리로 가자. 지붕을 넘다가 소중한 너의 첼로를 박살 내고 싶지 않구나."

"안 돼요. 나는 여기 있을래요."

"왜 안 돼?"

마테오가 슬레이트 조각을 발로 차며 물었다. 마테오의 얼굴은 단단히 굳어 있었다.

"경찰들이 지금 나를 붙잡으면……."

소피는 말을 끝내지 못했다. 그 대신 찰스에게 고개를 돌렸다.

"아저씨, 거기에서 만나요. 괜찮죠?"

"안 돼. 괜찮지 않아."

소피의 눈이 찰스의 긴 다리로 향했다. 그리고 여윈 얼굴과 다정한 눈동자로.

"제발요. 다치지 않겠다고 약속할게요. 놀라운 일을 하라고 했잖아요. 이건 놀라운 일이잖아요."

찰스는 한숨을 내쉬었다. 눈썹을 치켜세우려 했지만 꿈틀거리다가 가라앉았다.

"그래, 그랬지. 엘리어트 양이 알면 뭐라고 할지 알 수 없다만. 그럼, 에스푸아 거리에서 만나자. 네가 한 시간 뒤에 나타나지 않으면, 나는 어찌해야 할지 모르겠구나. 반드시 조심해야 한다."

찰스는 억지로 웃어 보이며 첼로를 등에 잡아맸다. 그리고 흠통으로 몸을 돌렸다.

그때, 마테오가 할 수 없다는 듯 말했다.

"소피, 네가 기어코 가겠다면 우리가 필요할 거야. 너는 가는 길도 모르잖아."

"그래 준다면……, 정말 고마워."

"메, 농! 에스푸아……."

아나스타샤는 마테오에게 프랑스 어를 쏟아 내며 화를 냈다.

소피는 당당해지려고 등을 쭉 폈다. 더 이상 겁을 먹고 등을 구부리고 있던 소피가 아니었다.

"너흰 가지 않아도 돼. 하지만 가겠다면 어서 출발하자."

갸리어들

강을 지나 20분 정도 걸었다. 아이들은 병원의 넓은 지붕을 따라 한 줄로 걷고 있었다. 평소보다 더 천천히 더 조심스럽게 걸었다. 소피와 마테오가 앞장서서 갔다. 소피는 마테오의 목덜미에 털이 곤두선 것을 보았다. 맨 뒤에 따라오는 제라르는 콧노래를 흥얼거렸다.

"이 근처에 있어. 담배 냄새 나지?"

마테오가 목소리를 낮추며 말했다.

"담배를 피우는 사람은 많아."

소피가 담담히 대꾸했다.

"하지만 갸리어들은 다른 사람들이 피우다 버린 꽁초를 피워. 이 냄새는 두 번째 태우는 담배 냄새야."

"이건 그냥 굴뚝 냄새야. 너는 어때, 아나스타샤?"

소피가 몸을 돌렸다.

아나스타샤는 얼굴이 노랗게 질린 채로 저쪽 지붕 끝에 있었다.

갸리어들이 소리 없이 벽을 타고 올라와 지붕을 가로질렀다. 모두 여섯 명이었다. 하나같이 키가 크고 얼굴은 거만하고 매서웠다. 둘은 아나스타샤를 둘러싸고, 넷은 제라르를 둘러쌌다. 모두가 그 자리에 얼어붙었다.

마테오는 소피를 등으로 막아섰다. 그리고는 몸을 구부려 지붕에서 슬레이트 조각을 떼어 냈다.

갸리어들은 쇠막대와 부러진 쇳조각을 들고 있었다. 늑대 무리 같았다.

"사피는 어디 있지?"

소피가 속삭였다.

"즈 느 세 빠."

마테오가 고개를 저으며 소피를 굴뚝 뒤로 밀었다.

"소피, 여기 있어. 움직이지 마. 말 안 들으면 나중에 가만두지 않을 거야. 그리고 사피가 오면 그 애를 꽉 붙들고 있어. 알아들었어? 그 애가 싸우게 두지 말라고."

마테오는 주머니에서 비둘기 뼈를 꺼내 반으로 부러뜨렸다. 부러진 끝 부분은 아주 뾰족했다. 마테오는 반을 소피에게 건넸다.

"만약에 녀석들이 너한테 다가오면 눈을 공격해."

마테오는 프랑스 어로 어둠을 향해 거친 욕을 하며 갸리어들에게 덤벼들었다.

구름에 달이 가려져 있어서 주위가 깜깜했다. 하지만 소피의 눈은 곧 어둠에 익숙해졌다. 갸리어 하나가 마테오와 맞서려고 돌아섰다. 아나스타샤는 갸리어에게 달려들었다. 하지만 그리 잘 싸우지 못했다. 손톱과 이로 녀석의 목과 가슴을 할퀴고 물어뜯었다. 소피를 더 겁먹게 만드는 것은 아무도 소리를 내지 않는다는 것이었다. 모두가 툴툴거리고 침을 뱉으며 싸울 뿐이었다. 마테오는 아나스타샤가 버둥대는 것을 보고 지붕에서 굴뚝 통풍관을 꺼내 갸리어의 등에 똑바로 던졌다.

마테오가 헐떡였다.

"제라르, 도와줘!"

그 순간, 소피는 왜 아이들이 제라르를 투사라고 했는지 이해했다. 노트르담에서 매우 어색해 보였던 제라르의 다리는 강하고 위협적이었다. 제라르는 두 갸리어의 눈을 걷어찼다. 발가락 사이에 잡고 있던 부싯돌로 녀석들의 얼굴을 할퀴면서. 하지만 혼자 상대하기에 네 명은 벅찼다. 제라르는 헐떡이면서 왼쪽 팔을 움켜쥐었다.

제라르가 외쳤다.

"마테오!"

마테오는 고양이처럼 싸웠다. 뼛조각과 주먹으로 녀석들의 눈과 귀와 입을 겨누면서 날아다녔다. 놀이터 싸움이라면 어떤 아이들과 붙어도 마테오와 제라르는 이겼을 것이다. 하지만 지금 상대는 평범한 아이들이 아니었다. 녀석들은 지붕 위에 사는 거칠고 잔인한 갸리어들이었다. 제라르는 미끄러지면서 지붕에 뒷머리를 부딪쳤다. 갸리어 중 하나가 제라르의 얼굴을 걷어찼다.

소피는 무기를 찾기 위해서 지붕 위를 재빨리 움직였다. 도저히 쭈그리고 앉아서 지켜보고 있을 수만은 없었다. 소피는 한 녀석에게 덤벼들었다. 녀석이 소리를 지르며 비틀거렸다. 하지만 소피가 얼굴에 붙은 머리카락을 떼어 내기도 전에 몸을 일으키더니 소피 앞에 섰다. 소피는 다리를 들어 녀석의 가랑이를 걷어찼다. 마침내 녀석이 신음 소리를 내며 쓰러졌다.

소피는 재빨리 굴뚝 뒤에 숨었다. 그때, 가장 키 큰 갸리어가 허리띠에서 나무 손잡이가 달린 칼을 꺼냈다. 감자 껍질을 벗길 때 사용하는 칼이었다. 녀석은 칼을 들고 아나스타샤 쪽으로 향했다. 소피는 비명인지 고함인지 모를 소리를 질러 댔다. 그리고 지붕에서 슬레이트를 잡아 뜯어 녀석에게 던졌다. 슬레이트 조각이 칼을 든 손가락을 내리쳤다. 키 큰 갸리어가 욕을 내뱉으며 칼을 떨어뜨렸다. 아나스타샤가 칼을 집어 굴뚝으로 던져 넣었다. 키 큰 갸리어가 소피에게 덤벼들었다. 소피는 주먹을 날렸지만, 허공에 대고 휘두를 뿐이었다. 키 큰 갸리어가 프랑스 어를 내뱉었다.

"때리려면 제대로 때리래."

뒤에서 누군가가 소피의 어깨에 손을 올렸다. 소피가 뒤돌아보았다. 그 순간, 어깨에 놓인 손바닥이 키 큰 갸리어의 콧잔등에 주먹을 내리꽂았다. 지붕에 코피가 튀었다.

"때리지 못하겠으면 발로 걷어차."

사피였다. 사피의 목소리는 부드러웠지만 표정은 전혀 부드럽지 않았다. 사피는 무릎으로 걷어차고 손바닥으로 눈을 세게 내리쳤다. 키 큰 갸리어가 기침을 하면서 바닥에 굴렀다. 사피는 녀석을 뛰어넘으며 물었다.

"아나스타샤는 어디 있어?"

"나, 여기 있어."

아나스타샤가 재빨리 기어오며 소리쳤다.

"소피, 왼쪽!"

소피는 당황을 하면 항상 어느 쪽이 왼쪽이고 어느 쪽이 오른쪽인지 구분하지 못했다. 다행히 아나스타샤도 그랬다. 소피는 오른쪽을 걷어찼다. 소피의 발에 정강이가 부딪히는 느낌이 전해졌다. 갸리어가 쓰러질 때 사피가 팔꿈치로 얼굴을 쳤다.

저만치에서 제라르가 등을 구부린 채 괴로운 듯 기침을 했다. 이제 한 명의 갸리어만 남았다. 마테오는 제라르한테서 떨어진 곳으로 갸리어를 이끌었다. 창백한 얼굴로 양손에 뼛조각을 들고 있었다. 하지만 상대는 쇠막대를 들었다. 갸리어는 한 발, 한 발 지붕 가장자리를 향해 마테오를 몰기 시작했다.

소피는 주머니에서 돌을 꺼내 들었다. 그리고 눈을 가늘게 뜨고 어둠 속을 응시했다. 있는 힘껏 내던졌다. 돌은 갸리어의 관자놀이를 제대로 맞혔다. 갸리어는 비명을 지르며 홱 뒤를 돌았다.

갸리어는 어둠 속에서 눈 하나 깜짝 않고 서 있는 세 여자아이를 보았다. 옆에는 두 갸리어가 정신을 잃고 바닥에 누워 있었다.

소피는 갸리어를 똑바로 쳐다보며 말했다.

"엄마 사냥 중인 나를 방해하지 마. 용감한 지붕 위의 아이들을 방해하지 마. 우리가 여자라고 얕잡아 보지 말라고."

홀로 남은 갸리어는 침을 뱉더니, 옆 지붕으로 훌쩍 뛰어넘었다. 이내 어둠 속으로 사라졌다.

"가자. 녀석들이 깨어날 때까지 여기 있고 싶지 않아."

마테오가 소피 뒤에 서 있었다.

"괜찮겠어? 힘들면 이제 돌아가도 돼. 나 혼자 갈 수 있어."

구름이 걷히고 달빛이 지붕을 비추었다. 달빛 아래 모습을 드러낸 아나스타샤와 사피는 금방이라도 부서질 듯 연약해 보였다. 도자기 인형들 같았다.

"너희 괜찮아?"

도자기 인형들이 머리카락으로 콧물을 닦으며 빙긋 웃었다.

"우린 괜찮아, 소피. 우린 지붕 위의 아이들이야."

기억해, 연주해

텅 빈 에스푸아 거리에 찰스가 발을 동동 구르며 서 있었다. 소피는 지붕 너머로 몸을 구부리고 휘파람을 불었다.

"생각보다 오래 걸렸구나."

찰스는 피가 흐르는 제라르의 관자놀이와 마테오의 손을 보았다. 하지만 아무 말도 하지 않았다. 그저 등에 멘 첼로를 더욱 단단히 졸라맬 뿐이었다. 그리고 홈통을 기어올라 아이들과 합류했다.

지붕 위의 여섯 명은 별이 총총한 밤하늘 아래 앉았다. 아름다운 밤이었다. 하지만 너무나 고요했다. 주정뱅이도, 고양이 한 마리도, 하다못해 종잇조각 하나도 없었다. 소피는 거리를 내려다보았다.

"다들 어디 갔지?"

"이곳에 콜레라가 발생했어. 4년 동안 세 차례나."

제라르가 설명했다.

아나스타샤가 덧붙였다.

"그래서 갸리어들이 여기를 좋아해. 아무도 이곳에 살지 않거든. 사람들은 저주받은 거리라고 말해."

마테오는 코웃음을 쳤다.

"사람들은 바보야. 아파트 거리로 건너가 볼까?"

"아니. 여기에서 엄마를 부를 거야."

소피는 손을 동그랗게 말아 입에 대고는 잠시 머뭇거렸다. 그리고 크게 소리쳤다.

"엄마!"

마테오가 고개를 저었다.

"파리에 있는 여자 절반이 '엄마'라고 불려."

소피가 다시 소리쳤다.

"비비안!"

"모두 함께 불러 보자. 하나, 둘, 셋."

여섯 명은 우렁차게 소리쳤다.

"비비안!"

아무 대답이 없었다. 소피의 심장이 양철북을 두드리듯 빠르고 요란하게 뛰었다.

찰스가 소피에게 첼로를 건넸다.

"소피, 레퀴엠을 연주하렴."

"어떻게요? 난 못해요."

소피는 어쩔 줄을 몰라 했다. 그러자 네 명의 아이들이 소피를 향해 고개를 끄덕였다.

"연주해."

사피가 말했다.

"음악은 마법 같은 효과가 있어."

아나스타샤가 말했다.

"오직 멍청이만 그걸 몰라. 연주해, 소피."

마테오가 말했다.

소피는 이토록 긴장해 본 적이 없었다. 소피의 심장이 배로 옮겨 가서 펄떡였다. 첼로 현 위에 올려놓은 손가락이 떨렸다. 소피는 스스로에게 말했다. 연주해. 꿈속에서 듣던 그 소리가 어땠는지 기억해. 선율을 기억해.

첫 음이 약간 낮게 울렸고, 제라르가 움찔했다.

"그래! 더 빨리, 소피!"

소피는 등을 곧게 펴고 더 빨리 연주했다.

"더 크게!"

마테오가 말했다.

"더 빨리!"

아나스타샤는 자리에서 발을 차며 빙빙 돌았다.

소피는 더 이상 아이들의 목소리가 들리지 않았다. 손가락을 더 빨리 움직이는 데 온 신경이 쏠려 있었다. 팔이 너무 아파서 움직이기 힘들 정도가 되어서야 소피는 연주를 멈췄다.

마테오와 제라르가 손뼉을 쳤다. 찰스는 휘파람을 불었다. 사피와
아나스타샤는 함성을 질렀다.

그런데 소피가 연주를 멈춘 뒤에도 음악은 계속 이어졌다.

빠르게, 빠르게, 더 빠르게

"저 소리……, 메아리냐?"

찰스가 두리번거리며 물었다.

"어떤 소리요? 나는 들리지 않아요!"

소피는 귀가 아플 만큼 귀를 쫑긋했다. 소피는 거의 울 듯했다.

"소리가 멈췄어요?"

소리는 멈추지 않았다. 다만 희미해졌다.

"내가 들은 소리가 메아리 같지는 않구나. 메아리는 음계를 바꾸지 않아."

찰스가 음악 소리에 귀를 기울이며 말했다.

소피의 정신을 들게 한 건 마테오였다. 마테오는 소피의 등을 떠밀며 말했다.

"정말 안 들려? 너 귀머거리야? 어서 소리 나는 쪽으로 달려가!"

"어디에서 들려오는 거야? 어디?"

소피가 허둥지둥했다.

"이 소리는 북서쪽에서 들려오는 거야. 먼저 서쪽으로 가."

아나스타샤가 소피 손을 잡아끌었다.

"어느 쪽이 서쪽이야? 왼쪽 아니면 오른쪽?"

소피가 울부짖었다.

"왼쪽! 저기, 검정 풍향계가 있는 지붕. 다음엔 공중목욕탕. 그다음엔 뛰어넘어야 해."

사피가 손가락으로 가리켰다.

소피가 달리기 시작했다. 찰스도 소피를 따라 달렸다. 소피의 발 아래서 슬레이트가 갈라졌다.

"소피! 너무 빨라!"

마테오가 소리쳤다.

소피는 마음이 급했다.

음악이 끝을 향해 몰아치고 있었다. 소피는 목욕탕을 향해 팔 길이만큼 뛰어넘은 뒤, 속도를 늦추지 않고 지붕을 따라 달렸다. 누군가 지붕을 올려다보았다면, 빠르게 움직이는 어둡고 흐릿한 형체를 보았을 것이다.

"소피, 멈춰!"

소피는 순간 멈칫했다. 목욕탕 지붕과 다음 지붕 사이에는 골목이 있었다. 다음 지붕은 평평했다. 하지만 뛰어넘을 거리가 소피 키의었다. 여기에서 죽으면 아주 실망스런 결말이 될 것이다.

숨을 가다듬고 뛸 준비를 했다. 하지만 소피의 다리가 구

않았다.

겠어."

소피가 낮게 중얼거렸다.

"할 수 있어."

어느덧 찰스가 소피 뒤에 와 있었다.

"내가 너를 건너편으로 던져 줄게. 몸을 공처럼 말아."

소피는 찰스의 말을 알아들을 수 없었다.

"네?"

"웅크리고 앉아!"

찰스는 군대의 선임 하사관처럼 엄격하게 명령했다. 소피는 제자리에 웅크리고 앉았다.

"반드시 두 발과 두 손으로 착지해라. 무릎으로 떨어지면 안 돼. 무릎은 깨지기 쉬워. 알아들었니, 소피?

소피는 고개를 끄덕거렸다.

"준비해!"

음악이 점점 더 희미해져 갔다.

"셋에 던진다, 소피. 하나. 둘……,"

찰스는 긴 두 팔로 소피를 번쩍 들어 올렸다. 그리고 소피를 뒤쪽으로 당겼다가,

"셋."

힘껏 내던졌다. 소피는 찰스가 이토록 힘이 센 줄 미처 알지 못했다. 찰스는 늘 막대처럼 보였다. 바람이 소피의 얼굴을 때렸다. 소피는 쿵 소리를 내며 건너편 지붕에 떨어졌다. 손바닥이 벗겨진 듯했다. 또 한 번 "셋!" 하는 고함 소리와 함께 쿵 소리가 났다. 마테오가 소피 옆에 내려앉았다.

"너, 어떻게 여기에 왔어?"

"중요한 순간을 놓치기 싫어서."

마지막으로 찰스가 다리를 쭉 뻗으며 건너뛰었다. 가로등에 찰스의 윤곽이 드러났다. 찰스는 어설프게 한쪽 무릎으로 내려앉았다. 그러고는 눈썹에서 먼지를 털어 내며 무뚝뚝하게 얘기했다.

"소피, 이 일은 교육 당국에 얘기하지 않는 게 좋겠다. 지붕을 가로질러 아이들을 던지는 것은 눈살을 찌푸릴 일이거든."

소피는 찰스를 빤히 바라보았다.

"어서 달려가!"

찰스가 무안한 듯 소리쳤다.

소피는 다시 달렸다. 가끔씩 소피의 헐떡이는 숨소리에 음악 소리가 묻혔다. 그럴 때마다 소피는 음악이 멈춘 줄 알고 놀랐다. 하지만 연주는 계속되고 있었다. 점점 더 빨라지고 있었다. 더 이상 빠르게 연주하는 것은 불가능해 보일 때조차도.

소피가 악 하고 숨을 토해 내는 소리에 뒤를 돌아보았을 때, 마테오의 다리가 미끄러져 떨어지고 있었다. 찰스가 더 가까웠다. 찰스는 재빨리 마테오에게 우산을 내밀었다.

"꽉 잡아."

찰스는 마테오가 비탈진 면을 올라오도록 세게 잡아당겼다. 손을 옮겨 가며 힘겹게 끌었다.

"너…… 보기보다…… 상당히…… 무겁구나."

찰스가 끙 앓는 소리를 냈다.

마테오가 찰스를 사다리처럼 의지하며 기어올라 왔다. 마테오의 얼굴이 놀랄 만큼 창백했다. 그래서 찰스는 일부러 더 크게 웃어 보였다.

"우산 없는 영국 남자는 반쪽 신사란다."

마테오가 왼쪽 다리를 절뚝이며 간신히 일어섰다. 그때, 타일 한 장이 미끄러지더니 거리에 떨어져 박살이 났다. 아래에서 누군가 소리치며 손가락질했다.

찰스가 말했다.

"빨리 여기를 뜨는 게 좋을 것 같구나."

소피는 다시 달렸다.

첼로 소리를 따라 달리는 것은 소피가 상상했던 것만큼 쉽지 않았다. 다행히 점점 더 소리가 뚜렷해졌다. 분명히 주위 어디선가 들려오고 있었다. 무척 아름다운 선율이었다. 그리고 프랑스 어로 노래하는 목소리가 첼로 연주에 더해졌다.

소피는 경사진 지붕 꼭대기에 재빨리 올라서서 멈췄다.

건너편 지붕에, 한 번만 뛰어넘으면 되는 거리에, 한 여자가 있었다. 여자는 등을 지고 앉아 곡선의 그림자를 잡고 있었다. 소피는 어둠 속에서도 여자의 머리카락이 불꽃색이라는 걸 한 번에 알아보았다.

엄마 사냥

소피는 심장이 덜덜 떨려 왔다.

"아저씨!"

소피의 잠긴 목소리가 갈라져 나왔다. 오랫동안 굶주린 듯한 목소리였다.

"아저씨, 엄마겠죠? 엄마 맞겠죠?"

만약에 엄마가 아니라면? 만약에 진짜 엄마라면? 갑자기 속이 울렁거렸다.

"어서 가거라, 소피."

찰스가 소피를 앞으로 밀었다. 아주 부드럽게.

"조심해서 뛰어. 우린 여기서 기다릴게."

소피는 힘차게 지붕을 건너뛰었다. 내려앉을 때 타일에 왼쪽 무릎을 찧었다. 피가 발목으로 흘러내렸다. 하지만 상관없었다.

소피는 엄마를 만나면 뭐라고 말할지 한 번도 생각해 본 적이 없다는 것을 깨달았다. 하지만 뭔가를 말해야 할 것이다.

안녕하세요? 날씨가 참 좋죠? 사랑해요!

하지만 걱정할 필요는 없었다. 찰스와 함께한 시간은 소피에게 재치를 발휘하는 힘을 키워 주었다.

소피는 고양이처럼 공손하게 첼로 연주자의 뒤로 걸어갔다. 그리고 조심스럽게 말을 건넸다.

"실례합니다."

연주가 계속되었다. 한 걸음 더 가까이 다가갔다. 소피는 떨리는 손가락을 여자의 어깨에 살며시 올려놓았다.

"실례합니다. 봉수아? 실례합니다."

연주가 멈추고, 여자가 몸을 돌렸다.

"안녕하세요?"

소피가 마른침을 삼켰다.

"저는……, 저는 엄마를 사냥 중이에요. 제 생각에 당신은 제가 찾는 엄마인 것 같아요."

달빛이 두 사람을 비추었다. 여자의 눈과 코와 입술은 소피의 눈과 코와 입술과 똑같았다. 여자한테서 건포도와 장미꽃 냄새가 났다. 온 세상을 스물네 차례나 돌아다닌 여행자처럼 보이는 얼굴과 눈동자라고 소피는 생각했다.

찰스는 건너편 지붕에서 여자가 울음을 터뜨리는 것을 보았다. 허리를 구부려 소피를 뚫어지게 바라보는 것도, 소피의 귀와 눈과 이마에 입 맞추는 것도 보았다. 여자가 소피를 두 팔로 끌어안고 낯선 두 사람이 아닌 한 사람처럼 보일 때까지 빙글빙글 도는 것도.

찰스는 굴뚝에 기대어 웅크리고 앉았다.

"앉아, 마테오."

찰스는 자신의 옆자리를 톡톡 두드렸다. 그리고 담뱃대를 찾기 위해 주머니를 뒤적거렸다. 두 차례 만에 불을 붙였다. 첫 번째 성냥은 알 수 없이 흘러내리는 눈물에 꺼져 버렸다.

"마테오, 이리 와 앉아. 잠시 동안 엄마와 딸을 내버려 두자꾸나."

연주는 멈추었다. 첼로는 잠시 잊혀진 채 지붕 위에 누워 있었다. 하지만 어디선가 여전히 첼로 소리가 들려오는 듯했다.

빠르게, 빠르게, 더 빠르게.